$10^{20}

Paul Claudel

de l'Académie française

Tête d'Or

DEUXIÈME VERSION

Mercure de France

PERSONNAGES

SIMON AGNEL. TÊTE D'OR. LE ROI

CÉBÈS

L'EMPEREUR DAVID

LA PRINCESSE

CASSIUS

NOMBREUX FIGURANTS ET FIGURANTES

est un poème

PREMIÈRE PARTIE

→ dialogue qui oppose la
vie à la mort

- Cébès - le poète
Simon - homme d'action
↳aussi est Tête d'Or, puis
le Roi

Cébès va mourir - besoin ; la
mort. Il est inévitable

Les champs à la fin de l'hiver.

*Entre, au fond, Simon Agnel, en blouse, portant
sur son épaule un corps de femme et tenant une
bêche.*

Entre, sur le devant, à pas lents, Cébès.

CÉBÈS

Me voici,
Imbécile, ignorant,
Homme nouveau devant les choses inconnues,
Et je tourne ma face vers l'Année et l'arche
pluvieuse, j'ai plein mon cœur d'ennui!
Je ne sais rien et je ne peux rien. Que dire?
que faire?
A quoi emploierai-je ces mains qui pendent, ces
pieds
Qui m'emmènent comme le songe nocturne?
La parole n'est qu'un bruit et les livres ne sont
que du papier.
Il n'y a personne que moi ici. Et il me semble
que tout
L'air brumeux, les labours gras,

— veut une raison d'être → créer pour soi-même
— justification
— désir de cri, pleurir — un besoin

Et les arbres et les basses nuées
Me parlent, avec un discours sans mots, douteusement.
Le laboureur
S'en revient avec la charrue, on entend le cri
tardif. *mystérieuse/symbolique*
C'est l'heure où les femmes vont au puits.
Voici la nuit. — Qu'est-ce que je suis?
Qu'est-ce que je fais? qu'est-ce que j'attends?
Et je réponds : Je ne sais pas! et je désire en
moi-même
Pleurer, ou crier,
Ou rire, ou bondir et agiter les bras!
« Qui je suis? » Des plaques de neige restent
encore, je tiens une branche de minonnets à la
main.
Car Mars est comme une femme qui souffle sur
un feu de bois vert.
— Que l'Été
Et la journée épouvantable sous le soleil soient
oubliés! ô choses, ici,
Je m'offre à vous!
Je ne sais pas!
Voyez-moi! j'ai besoin,
Et je ne sais pas de quoi, et je pourrais crier
sans fin
Tout haut, tout bas, comme un enfant qu'on
entend au loin, comme les enfants qui sont restés
tout seuls, près de la braise rouge!
O ciel chagrin! arbres, terre! ombre, soirée
pluvieuse!
Voyez-moi! que cette demande ne me soit pas
refusée, que je fais!

métaphores assimilations

enfants dans le ciel.

> *Il aperçoit Simon.*

Eh! qui est-ce qui creuse, là-bas?

> *Il s'approche de lui.*

C'est les drains que vous êtes à poser? Il est
tard.

SIMON, *se redressant.*

Qui est là? que voulez-vous?

CÉBÈS

Qu'est-ce que vous faites là, l'homme?

SIMON

Ce champ est à vous?

CÉBÈS

Oui, il est à nous.

SIMON

Laissez-moi y tailler ce trou-là.

CÉBÈS, *apercevant le cadavre.*

Ha!
Qu'est-ce que c'est que ça?

SIMON, *continuant à creuser.*

La femme qui était avec moi.

CÉBÈS

Ah! ah!
Qui est cette femme? qui est cette femme? Je
la connais! Est-ce qu'elle est morte?

SIMON

Je ne l'ai pas fait mourir.

CÉBÈS

C'est elle! c'est elle! ah! oh!

Est-ce ainsi que je te retrouve, dis? Toute froide et mouillée! O bonne pour tous! rieuse, ardente!

Est-ce toi, dis? toi! toi!

SIMON

Cébès!

CÉBÈS

Comment? est-ce que vous me connaissez?

SIMON

Quel est ce clocher d'ardoises, Cébès? quel est ce pays?

CÉBÈS

Agnel! Simon Agnel!

SIMON

Tais-toi! Est-ce qu'il y a quelqu'un chez nous?

CÉBÈS

Personne.
La maison est vendue.

SIMON

Est-ce que mon père vit encore?

CÉBÈS

Il est mort, et ta mère est morte aussi.
Et tous les autres sont partis.

SIMON

C'est bien.

CÉBÈS

Où t'en es-tu allé, malheureux? Pourquoi es-tu
parti?
Et cette femme que je vois là?

SIMON

Pourquoi? Qui le sait?
Je me rappelle un esprit farouche, la honte,
Le désir de finir la route, d'aller de ce côté où
tu vois que les plaines s'étendent.
Et je suis sorti de la maison, laissant les figures
de famille.
Morts!

CÉBÈS

Où es-tu allé?

SIMON

Je ne savais point qu'elle m'aimât. Un jour
je lui avais pris le cou dans les deux mains, la
serrant contre le mur de la grange.
Car j'avais un esprit violent. Elle est venue me
rejoindre.
J'ai erré.
J'ai nourri beaucoup de rêves; j'ai connu
Les hommes, et les choses qui existent à présent.
J'ai vu d'autres chemins, d'autres cultures,

d'autres villes. On passe et tout cela est passé.
Et la mer très loin, et plus loin que la mer!
Et de là rapportant une branche de sapin,
comme je m'en revenais...

CÉBÈS

C'est là qu'elle t'a trouvé?

SIMON

Ensemble,
Par bien des montagnes et des fleuves, nous
sommes redescendus vers le Midi et l'autre mer.
Ensuite nous sommes revenus ici.

CÉBÈS

Où, dis?

SIMON

Là-bas, dans cette cahute. Je voulais faire du
feu, mais c'était trop humide.
— C'est assez profond comme cela.

Il sort du trou.

CÉBÈS

Oh! comme elle est là qui gît par terre!

SIMON

Lieu! lieu!
Qu'ai-je cherché que, détournant d'ici mes yeux
infâmes,
Du milieu de tous les hommes le témoignage
de moi-même?
Et c'est d'ici qu'armant ses pieds il est venu
me rechercher.

Debout, la cime chevelue chauffée de la flamme
du jour, rouges,

Nous avons réuni nos âmes par la bouche et
elle me serrait de ses bras naïfs!

Et je l'ai ramenée ici, pour que ce lieu d'où je
suis parti me bafoue! La voilà qui est tombée à
mes pieds.

Malédiction sur ce pays! Que leurs vaches
crèvent! que la toux consume les cochons!

Ah! ah! O lieu! ô terre argileuse et collante!

Je suis vil! que pourrais-je faire? A quoi bon?
Ha! Pourquoi chercherais-je d'être

Autrement que ce que je suis? Et c'est ici

Que, seul et les pieds dans la terre, je pousse
mon cri âpre,

Et le vent m'applique un masque de pluie!
O femme! Fidèle!

Partout, sans te plaindre, tu m'as accompa-
gné,

Telle qu'une fée achetée, telle qu'une reine qui
enveloppe ses pieds saignants de loques d'or!

Je t'ai appelée ainsi : « Vois cette boue! »

Horreur vivante, honte, ignominie comblée de
désirs, à la fin je t'ai acquise comme la science!

— Écoute ceci! que, mourante, elle serrait ma
main sur sa joue,

Et me la baisait, fixant sur moi ses yeux,

Et elle disait qu'elle pourrait me chanter des
présages

Comme une vieille barque arrivée à la fin de la
mer.

Et à la fin, quand elle mourut, elle parla et
pleura, voyant, regrettant on ne sait quoi!

CÉBÈS

Toute seule, toute pâle!

SIMON

Et elle me regardait et elle pleurait et elle me
baisait les mains avec sa bouche brûlante!

Et je lui disais : « Souffres-tu? » et elle secouait
la tête.

Et elle me regardait et je n'ai pas su ce qu'elle
voulait me dire. Qui est-ce qui comprend les
femmes?

Va-t'en dans la fosse!

Il soulève le corps.

CÉBÈS

Je m'en vais t'aider.

SIMON

Oui.

Je le veux, fais cela avec moi, et que cela ne
soit pas oublié!

Je la prendrai par les épaules, toi par les pieds.

Ils enlèvent le corps.

Pas ainsi! qu'elle repose la face contre le fond.

*Ils la descendent dans la fosse, la face tour-
née vers le fond.*

CÉBÈS

Qu'elle repose!

SIMON

Va là, entre, entre dans la terre crue! à

même! là où tu n'entendes plus et ne voies plus, la bouche contre le sol,

Comme quand, sur le ventre, empoignant les oreillers, nous nous ruons vers le sommeil!

Et maintenant je te chargerai une charge de terre sur le dos!

> *Il rejette la terre dans la fosse avec les deux bras et quand elle est pleine il marche dessus, la foulant sous ses pieds.*

Bouchons cela! Il reste de la terre pour cette place que tu as prise.

— Donc il n'y a plus personne chez moi?

CÉBÈS

Personne. Tout est fermé, les terres sont en friche.

Silence.

Son père vit encore.

SIMON

Que dis-tu? veux-tu que j'aille lui demander de coucher chez lui?

CÉBÈS

C'est un vieux homme; il a eu bien de la peine;

Il vit tout seul, de charité; tout le monde le méprise.

Il est courbé comme un dail et les mains lui tombent aux genoux. Il n'a pas pu se remettre de ce que sa fille soit partie.

SIMON

Je ne rentrerai pas dans ce pays.

Voit-on la place de la fosse?

CÉBÈS

On ne voit plus rien. Il pleut.

SIMON

O institutrice!

Toi qui, me parlant d'une voix différente, tenais ton visage devant moi comme un livre!

Repose plus profond que le grain qui est dans le silo,

Où tu n'entends plus le bruit de la route et des champs, le gémissement des brabants et des semoirs,

Connue de moi, dans un lieu ignoré de tous,

Et que pas même cette bêche ni ton bâton comme un aviron brisé de navigateur

Ne restent plantés là.

Il jette la bêche au loin.

Et maintenant allons!

CÉBÈS

Permets-moi de t'accompagner.

SIMON

Viens.

Tu ne parles pas, compagnon?

Ils marchent ensemble.

CÉBÈS

Oh, je suis triste! je suis triste! excessivement!

SIMON

La mort!
Pensées,
Actions qui dorment, comme les nouveau-nés
Ramènent les cuisses vers le ventre, se raco-
quinent au moule maternel.
On cesse de vivre.
Le souvenir! la vieillesse! Le malade
Se réveille tout seul et tandis que la pluie
donne contre les vitres, il entend le bruit d'une
cuiller d'argent qui tombe en bas.
Et le sourire a été communiqué aux vieilles
gens.

Silence.

CÉBÈS

Elle est morte.

SIMON

Une femme m'a retiré sa main, détournant de
moi les yeux étrangement;
Et moi, l'homme, je reste seul. D'ici
Vers quelle plage blêmissante de l'air lèverai-je
la bouche qui respire?
Que me répétais-je dans mon silence? « Je pour-
rai, je ferai effort... »
Ah! où regarderai-je? où marcher? Les cieux
sont de fer, et je demeure ici, héritage de la femme,
plein de menaces et de cris pénibles!
Comment? que tenterais-je? J'ai erré, j'ai vu.
O jours frivoles, dates! A quoi,
Quand mon corps comme un mont hérisserait
Un taillis de membres, emploierais-je ma foule?

La jeune femme n'est plus!
Et cependant, — hier, comme elle dormait, je
sortis,
Sachant que le lendemain je serais seul.
C'était la nuit et mon cœur était plus lourd
qu'une pierre au bout d'une corde.
Mais voilà que, comme je marchais, peu à peu,
Je sentis cette vie à moi, cette chose
Non-mariée, non-née,
La fonction qui est au dedans de moi-même.

CÉBÈS

Puissé-je moi aussi...
Mais personne ne s'est inquiété de moi.

SIMON

Que dis-tu?

CÉBÈS

Je pourrais dire...
Moi, je pourrais me plaindre aussi de telle façon
que tu comprendrais...

SIMON

Quelqu'une déjà...?

CÉBÈS

Non.

SIMON

Vois-tu, ce goût
Pour cet être qui a un visage d'enfant
Est étrange; je pense que leur gaieté n'est pas
vraie.

Elles grossissent quand elles sont vieilles et elles deviennent comme des poules.

Mais si elle s'en va ainsi, comme une poignée de sable qui fuit entre les doigts...

Pah! songeries!

Plus tard tu sauras plus de choses.

Ils arrivent à la route.

CÉBÈS

Qui vient là? *(A voix basse.)* C'est son père.

Entre un vieillard tout courbé, roulant une brouette où il y a une pioche et un panier.

SIMON, *à voix basse.*

Parle-lui.

CÉBÈS, *au paysan.*

Bonsoir, monsieur.

Le Paysan s'arrête et pose sa brouette. — Silence.

Comment ça va aujourd'hui?

LE PAYSAN

Là, je ne sais pas. Je crois qu'il est pas plus de cinq heures. Les jours ne rallongent pas de beaucoup.

SIMON, *lui criant dans l'oreille.*

Et votre fille, comment va-t-elle?

LE PAYSAN, *le regardant en dessous.*

Je ne sais pas, monsieur. Elle n'est plus avec moi.

SIMON

Peut-être bien qu'elle est plus à son aise que vous, hé?

LE PAYSAN

Là?
Elle ferait bin de m'aider alors. C'est bin malheureux!

Bonsoir, m'sieu, la compagnie.

> *Il s'en va.*
> *Ils demeurent en silence.*

CÉBÈS, *montrant un côté de la route.*

Le pays est par là. Viens cette nuit chez nous.

SIMON

Non, j'irai de l'autre côté.
Il n'y a point de lieu pour me recevoir; je n'entrerai point chez les autres.

Je n'ai point d'autre bien que ces vieux vêtements-ci. Mais je m'assoirai sur une pierre et je me trouverai assez riche.

Moi-même je me suis ma table et mon lit.

Je ne mourrai point, mais je vivrai!

Je ne mourrai point, mais je vivrai! Je ne veux point mourir, mais vivre!

Sache que je ne suis point seul.

CÉBÈS

Qui as-tu donc avec toi?

SIMON

La voix de ma propre parole! Je les entends se

plaindre de maux; mais quel mal peut-il y avoir?
Aucun.
— Ah! il ne fait plus jour.

CÉBÈS

C'est la nuit.

SIMON

Vois ce chemin, parle plus bas!
Les ronces sèches grelottent; les branches craquent et se balancent sans bruit; les ruisseaux gargouillent dans la terre.
Debout parmi l'espace nous avons à chaque main le noir,
La mélancolie de la terre.
Nous qui, seuls, marchant sur le bord de la route, exhalons le souffle chaud.
Haha! je suis énervé!
Toi qui est là... Cébès... M'entends-tu?

CÉBÈS

J'écoute.

SIMON

Parle-moi! Je pense que tu as quelque chose à dire.

CÉBÈS

Je désire...

SIMON

Que désires-tu?

CÉBÈS

Rien!

Qu'une chambre quand il neige et que personne
ne sache où je suis!

SIMON

Qu'est-ce là?

CÉBÈS

Je ne suis qu'enfant! je n'ai point eu d'aide et
il m'a fallu endurer de souffrir!

D'amères songeries me tourmentent et j'ai pitié
de voir la blanche lumière!

Ne me force pas à parler, pour que tu te railles
de moi.

SIMON

Je te prendrai par les cheveux et je te secouerai
la tête. Allons! à qui te confieras-tu? sinon

A celui qui en ce moment

Marche dans la nuit obscure à ton côté.

Et je te dis que tu es un homme, et non point
un enfant tel que le germe blanc qui traverse la
terre.

Je ne suis de guère d'années plus vieux que toi,
mais j'ai juré.

Que je me tiendrais debout!

Et que je ne céderais point et que je n'aurais
point peur et que j'irais où j'ai résolu.

Parle! Prends mon bras,

Car la nuit est noire et il ne fait point clair.

CÉBÈS

Eh bien! je suis misérable! Puissé-je dire clairement des choses obscures!

Par où commencerai-je?

Pour exprimer l'ennui qui ne commence pas,
mais qui, comme l'objet d'un long regard, reste
fixe?

Voici ce que pourrait dire le jeune homme

Qui, comme un roi détrôné, la tête passée à travers un sac, reste immobile, les yeux hagards,

Et dont le vent, comme une femme folle, s'amuse
avec les cheveux,

Et qui contemple sans comprendre l'ouverture
du jour,

Empli de chuchotements comme un arbre mort :

La foule des hommes vains qui s'interrogent et
combattent, parlent et agitent les yeux,

Et puis, tournant vers nous le côté chevelu de
la tête, disparaissent comme les Mânes;

Les catastrophes et les passions solennelles;

Les nuages qui couvrent d'ombres les coteaux,
les cris des animaux, les bruits des villages et des
routes,

La forêt où chante le vent qui chasse, les chars
chargés de gerbes et de fleurs,

Et les Victoires qui passent sur le chemin comme
des moissonneuses, avec leurs joues sombres comme
le tan,

Couvertes d'un voile et appuyant un tambour
sur leur cuisse d'or!

SIMON

Achève. Qu'est-ce qu'il dirait?

CÉBÈS

Rien! Il y a des gens dont les yeux
Fondent comme des nèfles fendues qui laissent
couler leurs pépins.

Et des femmes où le cancer s'est mis comme l'amadou sur un hêtre.

Et des nouveau-nés monstrueux, des hommes ayant un mufle de veau!

Et des enfants violés et tués par leurs pères.

Et des vieillards dont les enfants comptent les jours un à un.

Toutes les maladies veillent sur nous, l'ulcère et l'abcès, l'épilepsie et le hochement de la tête, et à la fin vient la goutte et la gravelle qui empêche de pisser.

La phtisie fait son feu; les parties honteuses moisissent comme du raisin; et le sac du ventre

Crève et vide dehors les entrailles et les excréments!

N'est-ce pas horrible? mais notre vie

Qui se fait de fête à un repas de larves s'empiffre,

Jusqu'à ce que, comme un chien qui vomit des vers et des morceaux de viande,

Le ventre bourré se révolte et qu'on rende gorge sur la table!

Je voudrais trouver le bonheur!

Mais je suis comme un homme sous terre dans un endroit où on n'entend rien.

Qui ouvrira la porte? et qui descendra vers moi dans la demeure où je suis, portant le feu jaune dans sa main?

SIMON

Moi-même, je suis dans ce lieu profond! je me lèverai et j'enfoncerai la porte et j'apparaîtrai devant les hommes!

Ah! ah!

CÉBÈS

Que dis-tu?

SIMON

Tais-toi maintenant! Ah!

Il s'arrête.

CÉBÈS

Eh bien! qu'as-tu à souffler ainsi? que flaires-tu?

SIMON

L'air et la terre. Ah!
O le printemps qui renouvelle l'année et le fort
amour triomphe de la virginité!
O l'action de vie à qui le temps prépare ses
noces! pas une tige
Où le délire n'entre comme un créateur, produi-
sant la fleur et la semence!

CÉBÈS

Le vent est chaud.

SIMON

J'ai dans la bouche le goût du beurre
Amer des bourgeons! Le bloc
De mon corps
Comme une motte de terre dégelée
Fond! Jus de la vie! force et acquisition! Ah!
toute force et sève!
J'ouvrirai la gueule toute grande et je lèverai les
bras et je les tiendrai allongés!
Mais viens!

CÉBÈS

Où me mènes-tu? Voici que nous avons quitté
la route.

SIMON

Qu'est-il besoin de route? Je sais où je vais.
Suis-moi.

O Cébès, en cela tu as eu raison, que ce n'est
pas aux vieillards ou à aucun homme plus âgé que
tu t'es adressé ainsi obscurément.

Car ils ne pourraient te répondre, ne sachant ce
que tu demandes.

Mais si l'on peut reconnaître l'année d'un vin à
son goût,

Qui nous empêche de penser que chaque génération d'hommes,

Germant du champ maternel en sa saison,

Garde en elle un secret commun, un certain
nœud dans la profonde contexture de son bois?

(Ou bien je pense à un tapis dont l'ouvrier dispose les couleurs l'une après l'autre.)

— Et un enfant est sevré à onze mois; mais le
sevrage de l'esprit est plus tardif.

Et jusqu'à ce qu'il sache lui-même

Tirer parti de sa nourriture (la mesure s'égalant
à la dépense), le sein ne lui est point retiré, la
communication de la source.

— Ainsi si tu appliques ton oreille contre mon
cœur... Mais je suis plein de trouble, moi-même.

CÉBÈS

Nous nous éloignons toujours plus.

SIMON

Pour moi, je ne me suis inquiété d'aucun homme,

Jeune ou vieux, ce qu'il contient au-dedans de lui-même.

Mais un arbre a été mon père et mon précepteur.

Car parfois, enfant, il arrivait que les accès d'une humeur noire et amère.

Me rendaient toute compagnie affreuse, l'air commun irrespirable.

Et il me fallait gagner la solitude pour y nourrir obscurément ce grief, que je sentais en moi grossir.

Et j'ai rencontré cet arbre, et je l'ai embrassé, le serrant entre mes bras comme un homme plus antique.

Car, avant que je ne sois né, et après que nous avons passé outre,

Il est là, et la mesure de son temps n'est point la même.

Que d'après-midi ai-je passées à son pied, ayant vidé ma pensée de tout bruit!

CÉBÈS

Et que t'a-t-il enseigné?

SIMON

Maintenant, à cette heure d'angoisse! maintenant il faut que je le retrouve!

Et ils arrivent au pied d'un très grand Arbre.

O Arbre, accueille-moi! C'est tout seul que je suis sorti de la protection de tes branches, et main-

tenant c'est tout seul que je m'en reviens vers toi,
ô mon père immobile!

Reprends-moi donc sous ton ombrage, ô fils de
la Terre! O bois, à cette heure de détresse! O mur-
murant, fais-moi part

De ce mot que je suis dont je sens en moi l'horrible effort!

Pour toi, tu n'es qu'un effort continuel, le tirement
assidu de ton corps hors de la matière inanimée.

Comme tu têtes, vieillard, la terre,

Enfonçant, écartant de tous côtés tes racines
fortes et subtiles! Et le ciel, comme tu y tiens!
comme tu te bandes tout entier

A son aspiration dans une feuille immense,
Forme de Feu!

La terre inépuisable dans l'étreinte de toutes
les racines de ton être

Et le ciel infini avec le soleil, avec les astres
dans le mouvement de l'Année,

Où tu t'attaches avec cette bouche, faite de tous
tes bras, avec le bouquet de ton corps, le saisissant de tout cela en toi qui respire,

La terre et le ciel tout entiers, il les faut pour
que tu te tiennes droit!

De même, que je me tienne droit! Que je ne perde
pas mon âme! Cette sève essentielle, cette humi-
dité intérieure de moi-même, cette effervescence

Dont le sujet est cette personne que je suis,
que je ne la perde pas en une vaine touffe d'herbe
et de fleurs! Que je grandisse dans mon unité! Que
je demeure unique et droit!

Mais ce n'est point vous dont je viens aujour-
d'hui écouter la rumeur,

O branches maintenant nues parmi l'air opaque
et nébuleux!

Mais je veux vous interroger, profondes racines,
et ce fonds original de la terre où vous vous nourrissez.

> *Il demeure debout sous l'Arbre. — Pause*
> *d'une durée indéterminée.*

SIMON, *soupirant comme au sortir d'un rêve.*

Allons-nous-en.

CÉBÈS

O Simon, tu ne t'en iras point ainsi! N'as-tu
rien appris sous cet arbre de science?

SIMON

Autre chose que ce que je puis dire.

CÉBÈS

Eh bien! autre chose que ce que tu peux dire,
c'est cela que je te demande.

Toi, si vraiment

Quelque loi est mise dans ton cœur, si quelque
commandement

Et volonté de non-homme

Te pousse comme du genou au milieu de nous,
misérables...

> *Il s'agenouille devant lui.*

SIMON

Que veux-tu?

CÉBÈS

Souviens-toi de moi!

SIMON

Pourquoi veux-tu me faire parler? Éloigne-toi de moi, car mon esprit fume et bout, et je suis ébranlé tout entier!

CÉBÈS

Je suis le premier qui t'appelle.

SIMON

Que cherches-tu?

CÉBÈS

Tes mains! laisse-moi les prendre! ne me les refuse pas!

Silence.

SIMON

Ah! ah!

CÉBÈS

Que dis-tu?

SIMON

Un esprit a soufflé sur moi et je vibre comme un poteau!

— Cébès, une force m'a été donnée, sévère, sauvage! C'est la fureur du mâle et il n'y a point de femme en moi.

CÉBÈS

Je te supplie.

SIMON

N'espère pas que tu en saches plus que je ne veux en dire.

CÉBÈS

Écoute! j'ai compris et je ne te lâcherai pas!
j'étais là!

Certes il faut aujourd'hui que je te parle et que
tu me répondes!

Tu ne me quitteras pas avant

De m'avoir fait la part qu'il faut.

Réponds! ou je me lèverai et, te regardant dans
les yeux, je combattrai avec toi!

Je te supplie!

Tu m'as ravi mes yeux! tu as emporté mon
espérance et ma joie!

Tu m'as pris cette femme et tu me l'as tuée!
C'est donc à toi que je m'adresse maintenant!

Je t'appelle par cette femme que nous avons
aimée tous les deux.

Et par la pitié, plus forte que la génération,
que tu dois avoir

Pour moi qui suis la figure de toi-même!

Ne me laisse pas dans la profondeur où je suis!

O père! ô père! car ne suis-je pas ton enfant ici

Par tout ce dont je manque, je te supplie!

Vois, je ne te rendrai pas tes mains.

Et, comme fit cette femme quand elle mourut,
je les tiendrai appuyées sur mon visage, ainsi,

Jusqu'à ce que tu m'aies répondu!

SIMON

Je pourrais rester ici toute la nuit sans bouger
de place.

Et je ne dirais point un mot et ceux qui passe-
raient ne me verraient point.

Je suis ici tout seul, et la foule des hommes

est autour de moi, dans les champs, ou dans les maisons qu'ils se sont faites, près de la lumière qu'ils se sont allumée.

Et moi à cette croix des chemins je lèverai la main

Et je ne craindrai pas et je ferai un serment, répétant les paroles qui m'ont été apprises.

Il lève la main.

CÉBÈS

O Simon, je ne lâcherai point ton autre main.

SIMON

Sache qu'un droit m'a été donné! sache qu'une force m'a été donnée!

Qui es-tu et que me veux-tu?

CÉBÈS

Je suis celui qui te supplie, mon jeune aîné!

SIMON

A qui te fies-tu? car une chose terrible m'a été montrée, à moi qui n'étais qu'un enfant,

Et je suis dans l'angoisse et dans la faiblesse.

Prends mon autre main aussi, frère!

Il lui donne la main droite.

Nous ne sommes tous deux que des enfants par la nuit au milieu de cet énorme univers. Cependant il y a une force en moi, et j'ai pitié de toi!

CÉBÈS

Sauve-moi!

SIMON

Aime-moi! comprends-moi! Jure que tu me seras loyal et remets-toi entièrement à moi. Cela est fort : ne décide pas légèrement.

CÉBÈS

Je suis porté à faire ce que tu dis.

SIMON

Ce que tu feras pour moi, je le ferai pour toi. Veux-tu m'aimer? Tu me demandes des paroles,
Et moi je me remettrai royalement entre tes mains.

CÉBÈS

Que dis-tu?

SIMON

Tu tiens entre tes mains un homme existant.
Je vis et je suis présent avec le mystère de mon âme.
O mort! ô nuit, c'est ici deux personnes coupables qui se sont trouvées!
Tu t'accroches à ma blouse et ce que tu touches, c'est toi encore,
C'est moi aussi et je ne suis qu'un homme! Comprends-moi! comprends des mains cette douleur! L'homme infirme et privé de connaissance!
Combien il est magnifique que cette bouche prononce son Je!
Mais ce consul qui devait rester ouvert,
Les yeux s'en vont, et celui qui est debout chancelle.

Voici que toutes choses changent, il faut que je résiste! J'ai erré comme une lueur, il faut que je m'élève comme la flamme enracinée!

Ne me laisse pas seul! Toi, aie confiance en moi! dis-moi que cela est possible!

CÉBÈS

Espère.

SIMON

Oui, je le pourrai.

CÉBÈS

Ici, moi le premier, je te salue!

SIMON

Tu t'es agenouillé devant moi, quelle pitié! Cependant honore-moi, puisque tu m'as rencontré; voici que nous sommes ensemble tous les deux.

Reste, et que je te serve d'autel.

Approche donc et appuie la tête sur mon flanc.

CÉBÈS

Je te prie et te salue.

SIMON

O orgueil! tu m'étreins donc!

CÉBÈS

Ah!

Quelque chose coule sur ma tête!

SIMON

C'est mon sang; ainsi l'homme, bien qu'il n'ait

pas de mamelles, saura répandre son lait!

Et toi, maintenant,

Te voici comme une servante qui, avant de partir,

Embrasse l'arbre de la croix.

Mais cette chose crucifiée de sa mâchoire de granit tire vers le ciel sa chaîne de ronces

Et un verdier pépie sur l'épaule ruinée.

Reçois mon sang sur toi! O je me frapperai le cœur, afin que mon sang jaillisse, comme d'une main ferme on enfonce le fausset dans la futaille!

C'est mon sang! C'est ainsi que nous nous saluons, toi et moi, qui par les ténèbres portons dans nos veines un sang chaud!

Comme deux parents qui, par-delà la mort, se reconnaissent dans la nuit éternelle sans se voir

Et se jettent l'un sur l'autre en ruisselant de pleurs!

CÉBÈS

Je te salue, ô Roi!

Je te tiens entre mes bras, Majesté!

Et voici que j'ai goûté de ton sang, tel que le premier vin qui sort du pressoir!

Il se relève.

SIMON

Adieu!

CÉBÈS

Adieu!

Il sort.

SIMON

Et qui ai-je, moi? et qui ai-je, moi?

Il marche, un moment, d'un pas hésitant.

Deux arbres et toute la nuit derrière!

La nuée se déchire et l'on voit des étoiles par là.

O équilibre des choses dans la nuit! ô force qui selon votre nature agissez avec une puissance invincible!

Et moi aussi, je ferai mon œuvre, et rampant dessous je ferai osciller la pierre énorme!

Et d'un coup je la chargerai sur moi, comme un boucher qui charge la moitié d'un bœuf sur son dos!

O faire! faire! faire! qui me donnera la force de faire!

Ah! ah!

Il s'étend à plat ventre par terre.

O Nuit! mère!

Écrase-moi ou bouche-moi les yeux avec de la terre!

Mère, pourquoi as-tu fendu la peau de ma paupière par le milieu! Mère, je suis seul! Mère, pourquoi me forces-tu à vivre?

J'aimerais mieux que demain à l'Est la terre mouillée ne devînt pas rouge! O Nuit, tu me parais très bonne!

Je ne puis pas! Vois-moi, moi ton enfant!

Et toi, ô Terre, voici que je m'étends sur ton sein!

Nuit maternelle! Terre! Terre!

Il s'évanouit.

DEUXIÈME PARTIE

action - violent
explosion
grand geste de ce
drame
→ a murder - pourquoi
meurtre

*Une salle dans le palais du Roi avec de hautes
fenêtres au fond.*

*La nuit. Cébès malade couché sur un lit. Une
petite lampe est posée par terre. Çà et là, des hommes,
étendus et endormis, soufflent et ronflent.*

Pantomime. — Entre, comme égaré, le Roi, pieds nus et les vêtements en désordre, qui court çà et là à travers la salle dans une violente agitation.

CÉBÈS, *sans voir le Roi.*

Ils dorment tous. La lampe crépite et jette de la fumée.

> *Il s'étend péniblement sur le dos.*

LE ROI, *à voix basse, gémissant.*

Ah!

> *Pause.*

CÉBÈS, *la voix s'abaissant.*

Deux, quatre, six, huit, douze,
Quatorze,
Seize, dix-huit, trente-six,
Soixante-douze, cent quarante-quatre. Je voudrais bien dormir aussi!

LE ROI

Ah!

CÉBÈS

J'ai soif, je voudrais bien boire! mais je ne boirai pas.

Je suis malade! La nuit est longue! Je voudrais bien dormir un petit peu!

Il ferme les yeux.

LE ROI

Ah!

CÉBÈS

Qui soupire? Est-ce qu'il y a quelqu'un là?

Il retourne la tête et voit le Roi. Silence.

LE ROI

Ah!

Il voit Cébès et le regarde.

Est-ce que tu ne dors point non plus, enfant?

CÉBÈS

Je ne dors point.

LE ROI

N'as-tu point soif? Est-ce que tu ne veux pas boire un peu?

CÉBÈS

Pardonnez-moi, Sire. Je ne boirai point jusqu'à ce qu'il soit revenu.

LE ROI

Sire! Est-ce qu'il y a encore un *Sire?* Ne m'appelle point Sire, enfant!

On m'a laissé tout seul ici avec ma fille, et ils sont tous partis, car l'ennemi approche.

Ils ne s'inquiétaient guère de moi. C'est le Premier Ministre qui faisait tout, il m'expliquait les choses. Il m'empêchait toujours de dîner à l'heure. J'ai un mauvais estomac; il faut que je sois régulier dans mes repas.

Ils se réunissaient à dix ou douze, et ils apportaient un tas de papiers. On voit de drôles de gens maintenant.

Enfin, ils sont tous partis. Le Premier Ministre aussi est parti, emportant les diamants afin de les mettre en sûreté.

Même les domestiques sont partis. Il ne reste personne ici.

Il commence de sonner minuit.

C'est comme dans la ville. Il ne reste plus que les pauvres et ceux qui n'ont pu faire autrement.

Les derniers coups sonnent.

Quelle heure est-ce?

CÉBÈS

Minuit.

LE ROI

Il n'y a plus personne.

Mais je ne puis dormir et j'erre par la demeure,
De la cuisine aux vastes greniers, et il me semble que j'entends dormir derrière les portes, et le feu qui reste dans la cheminée envoie une petite lueur.

Ces pauvres gens qui sont venus hier, voyant

le palais vide, ils ont demandé à passer la nuit
ici. Ce sont des visionnaires; ils veulent « veiller
et prier ».

Il paraît que nous avons été battus partout.
Cela a été honteux!

La bêtise

Surpasse le malheur et le déshonneur submerge
tout. Et l'ennemi entre ici comme il veut.

— La terreur est sur nous!

Silence. — On entend les veilleurs ronfler.

Écoute ces veilleurs qui veillent!

L'un siffle, l'autre râle, et l'autre crie, tant il
dort! C'est une voix, c'est un cornet, c'est un vent
expulsé d'une trompe de cuir!

Silence.

Je te dis que l'épouvante est sur la ville!

Et chacun reste caché chez soi et ils n'osent
pas sortir.

O peuple! ô ville! ô mon pauvre pays, détruit,
dévasté, balayé comme un parc à moutons!

Oh! oh!

Cette nuit atroce ne finira-t-elle pas?

J'ai eu horreur de voir et je me suis couché :
ô Sommeil, tue-moi de tes flèches de plomb!

Mais je ne puis dormir et je rouvrais les yeux
dans le Néant;

Cela ne sait rien, cela n'est rien.

Mais la noirceur nous suffoque comme une
couverture.

Aïe!

Le dos frémit, les jambes se tordent, et je crie
dans mon agonie!

Et je bondis hors du lit et je me rue çà et là,
heurtant les murs de la tête.

Et je revois ces lieux affreux et je ne rencontre
Que l'Horreur et la Démence funeste!

— Est-ce que tu n'as pas envie de dormir,
enfant?

CÉBÈS

Je ne puis dormir.

LE ROI

Eh bien! j'attendrai ici avec toi.

CÉBÈS

A quelle distance est l'ennemi?

LE ROI

Pas plus d'une journée.
Je pense que la bataille a dû être livrée.

— Encore cinq heures avant le jour! Nous
verrons, nous allons savoir tout à l'heure.

CÉBÈS

Ce matin même! il le faut.

LE ROI

Où sont tes parents, Cébès?

CÉBÈS

Je ne sais pas, Sire. La guerre les a emportés.

LE ROI

Je n'ai qu'une fille et je n'ai pas d'enfant mâle.

CÉBÈS

Est-ce que vous me parlez, Sire?

LE ROI

Comme tu es pâle, mon pauvre garçon! Tu as
un mauvais mal. Tête d'Or
A bien fait de te laisser ici. Nous allons vous
soigner, petit garçon.
Je te regarde! Je veux contempler une
Chose jeune encore telle que je fus
Et le commencement aux yeux étonnés de la
force!
Le jeune homme dort très tranquillement; il rêve
et le soleil du matin est dans son rêve.
La veille a été radieuse et il va faire bon de se
lever.
Moi aussi, j'ai été jeune et j'ai été un jeune
homme aussi.
Et j'ai été un enfant petit, petit! Et voici que
j'ai septante-cinq années et je suis vieux et je suis
à la fin de ma vie.
Et voilà ce que je suis et ce que je vois!

CÉBÈS

Je mourrai avant vous.
J'ai été pesé et le poids n'a pas été trouvé en
moi,
Pour me tenir debout et marcher.
Oui! Quelle chose c'est que de vivre!
Quelle chose étonnante c'est
Que de vivre! quelle chose puissante c'est que
de vivre!
Celui qui vit

Et qui pose les deux pieds sur la terre, qu'envie-
t-il donc aux dieux?
Je meurs,
Et je demande seulement qu'il revienne d'abord.

LE ROI

A quoi songes-tu?

CÉBÈS

Je songe au jour.

LE ROI

Va, meurs!

CÉBÈS

Qu'y a-t-il?

> *Le Roi, se levant et allant çà et là avec agi-
> tation.*

Va, meurs! Il faut que nous mourions tous!
O pays! ô pays! Voici que le Roi erre tout seul
dans son palais et qu'il ne peut rien pour toi, car
je suis plus faible qu'une accouchée!

Quinte de toux.

A-ha! A-hha! O pays!
Tu n'as plus voulu de moi. Et tout le monde
disait que je bâtissais trop et que je ne savais pas
ce que je faisais, et on m'a retiré l'argent.
Mais ça ne fait rien! je t'aimais, ô mon royaume!
Et il faut que je te voie ainsi détruit et gâté!
Ah! ah! ah! Tremblez, hautes cheminées qui vous
dressez entre les étoiles, vous reflétant dans les
fossés pleins d'eau parmi les vers luisants et les
marguerites!

Déracine-toi,

Hêtre héréditaire, qui pousses dans la cour d'honneur! Abats-toi, généalogie!

Et que les murs se fendent depuis la base jusqu'aux mâchicoulis!

— Holà, vous autres, réveillez-vous!

Il se heurte contre un dormeur, qui grogne.

Qui barbouille là par terre?

Il lui donne un coup de pied.

LE VEILLEUR, *dormant.*

Oh là!

LE ROI

Te réveilleras-tu, sac de laine? te réveilleras-tu, billot?

Il lui donne des coups de pied.

LE VEILLEUR, *dormant, d'une voix molle.*

Ho! ho!
Ne poussez pas! Je tombe! je tombe!

LE ROI, *il le saisit par le pied*
et le traîne au travers de la salle.

Te réveilleras-tu, dis?

LE VEILLEUR, *réveillé et se frottant les yeux.*

Hein? hein? Quoi donc? quoi? quoi? quoi? quoi? Quelle heure est-il?
Hé?

Il voit le Roi.
Le Roi va au milieu de la salle et frappe

furieusement sur un tam-tam. — Tous se ré-
veillent et le considèrent, demeurant à leurs
places, interdits.

LE ROI

Eh bien, Veilleurs!

Silence.

Voici que vous dormez, et la première partie
de la nuit n'est pas encore finie!

O ils n'ont de cœur qu'à manger et à boire et
à causer les uns avec les autres,

Comme des brutes, comme des chiens qui agitent
la queue! Et dès qu'ils se taisent, ils dorment.

Leur esprit est simple et ils ne sont point
capables de penser tout seuls.

Ne savez-vous point où nous sommes? ne savez-
vous point l'attente dans laquelle nous sommes?

Il fallait veiller et écouter! Il fallait écouter et
attendre!

On entend le rossignol au dehors.

Le rossignol chante et toute la nuit il ne contient
point son cœur. Toute la nuit le petit oiseau chante
les merveilles de Dieu.

Et vous, ne pouviez-vous pas veiller? Ce ne sont
pas vos misérables affaires maintenant

Qui vous harassent, car voilà que vous êtes
débarrassés de ce soin. Ne pouviez-vous veiller et
attendre?

Mais, comme de gros valets, ils dorment!

Et peut-être que quelqu'un est venu et vous a
regardés,

Pareil à l'oiseau qui vient et ne se pose pas.

Mais ils dorment et me laissent tout seul!

Et moi, David, le roi aux cheveux blancs,

J'erre par la maison dans l'agonie et dans les tranchées de la mort,

Et je foule ma mitre sous les pieds, et comme un enfant ou comme un animal qu'on tient à pleins bras,

Je retiens avec mes mains mon âme qui saute!

LE PREMIER VEILLEUR

Pardonne-nous, ô Roi.

LE DEUXIÈME VEILLEUR

O Roi, pourquoi nous réveilles-tu et nous empêches-tu de dormir?

Va! Éteins la lumière et couche-toi avec nous; mets la tête sur mon côté; il fera jour assez tôt.

La lumière me fait mal aux yeux. Je dors.

Il penche la tête sur la poitrine. — Le Roi le regarde et, ouvrant la bouche petit à petit, il se met à bâiller.

LE TROISIÈME VEILLEUR

O Roi, voilà que tu bâilles aussi!

C'est l'ennui. C'est le vent, c'est l'exhalaison du vide qu'il y a en nous.

Nous parlions et nos paroles n'étaient qu'un bruit fait; et du matin jusqu'au soir nous ne nous donnions pas de repos.

Mais en vérité nous sommes morts.

On est las

Comme un homme qui rentre soûl le matin et qui se couche avec ses habits et ses souliers.

Le cœur d'abord s'est tu,
Et puis, comme un chat qui miaule tout bas,
il a commencé de se plaindre.

LE DEUXIÈME VEILLEUR

Tais-toi, cœur! tais-toi, pauvre cœur! que
veux-tu?

LE QUATRIÈME VEILLEUR

Et voici qu'on s'en va nous éteindre
Comme une lampe qui empoisonne et qu'on
étouffe avec un torchon mouillé.

LE PREMIER VEILLEUR

O nuit! ô ouverture!
O porte ouverte et par où il vient du vent!
Nous étions venus ici et nous étions étendus à
plat ventre sur ton seuil.
Mais l'abîme est demeuré sans paroles et l'homme
ne pénètre point ses routes.
C'est ainsi que nous demeurions là et la pensée
me vint que toutes choses sont incommutables.
La nuit est noire et il n'y a point d'espérance.

LE TROISIÈME VEILLEUR

Ceux qui meurent ensemble, et voilà qu'on trou-
vera le peuple mort, les hommes et les femmes et
les enfants et les petits-enfants.
Couchons-nous donc ici et dormons;
Ou va, si tu as une femme, et couche-toi avec,
Et que la servante ne fasse point trop de bruit
dans la cuisine, et l'enfant dans la pièce du bas,
Et la souris sous l'armoire et la mouche contre
le carreau.

Nous avons supplié et cela a été en vain. Notre péché est sur nous et notre ignorance est invincible.

Pourquoi sommes-nous nés? Maintenant autant vaut bien mourir. Que ferions-nous et pourquoi le ferions-nous?

Nous ne pouvons pas pouvoir, et nous oscillons comme l'homme qui se tient debout dans un bain chaud

Ou celui qui bâille pour avoir soufflé dans un buccin empoisonné!

Cette paroisse rêve, et telle qu'un peuple qui, comme la nation des poules,

Rangé sur les remparts des quais assiste à la disparition d'un soleil qui ne reviendra plus de l'autre côté...

Pause.

LE PREMIER VEILLEUR

Tel est le rapport que nous avons à te faire.

LE ROI

Hommes de néant! insensé est celui qui se confie en vous!

Je vous connais, vos pères et vous, et vous m'êtes un petit soutien

Dans ma vieillesse et dans ma nécessité, et vous m'êtes un faible réconfort!

Maudits, soyez-vous, veilleurs qui dormez! Maudits soyez-vous, dormeurs, rêveurs de rêves!

LE CINQUIÈME VEILLEUR

Maudit sois-tu toi-même vieux! Maudit sois-tu, carcasse couronnée, chien bouilli, Pierrot!

C'est toi qui nous as menés où nous en sommes!

Maudit sois-tu et tout homme qui tient le pouvoir dans ses mains,

Qui tient le pouvoir en ses mains, ô Dieu! et qui ne sais pas s'en servir!

Pourquoi viens-tu nous réveiller maintenant et nous empêcher de dormir?

Tu me maudis, vieux fantôme? Et moi, je te retourne ta malédiction dans les dents!

Maudit sois-tu dans ta race, et dans ton office, et dans la machine de ta puissance inerte, roi temporel!

Maudits soient mes maîtres! depuis celui qui m'a appris à lire jusqu'à celui qui m'a affranchi avec un soufflet, ébloui et plein de mots!

Car ils m'ont pris alors que je n'étais qu'un enfant et ils m'ont donné de la terre à manger.

Maudit soit mon père et maudite soit ma mère avec lui! Qu'ils soient maudits dans leur nourriture, et dans leur ignorance, et dans l'exemple qu'ils m'ont donné!

LE ROI

Silence, furieux!

LE CINQUIÈME VEILLEUR

Pourquoi m'as-tu réveillé, vieillard? Maintenant tu ne me feras pas taire!

Qui maudirai-je encore? car je suis plein de malédiction? Car ma bile est débondée et me jaillit jusque dans les yeux!

Et le spasme qui me soulève est tel

Que mes côtes en craquent et que mes os se séparent!

Je me maudirai moi-même!
Moi, parce que je suis infâme, perdu, déshonoré,
Abaissé au-dessous de tous les êtres et lâche
au delà de toute mesure!
Et je m'enfoncerai les dents dans le bras et je
me labourerai la figure avec les ongles!
Viens donc, ô Mort! viens donc, ô Mort!

> *On entend gratter à la porte. Silence. On gratte de nouveau.*

LE ROI

Qui est là?

> *Silence.*

Entrez!

> *Entre la Princesse, timidement.*

LE ROI, *mettant la main au-dessus de ses yeux.*

Qui êtes-vous?

LA PRINCESSE

Est-ce que je puis entrer, père?

LE ROI

Est-ce toi, ma fille? Il fait si sombre ici! je ne
te reconnaissais pas. Et je suis si vieux aussi!
Que viens-tu faire ici, enfant?

LA PRINCESSE

Pardonnez-moi, père!
J'avais peur toute seule, car les servantes se
sont sauvées.

LE ROI

C'est ainsi que nous restons seuls dans ce palais
abandonné
Autour de cette lumière posée par terre.

LA PRINCESSE

Veux-tu que j'attende ici avec vous, père?

LE ROI

Reste.

> *Elle va s'asseoir à quelque distance de Cébès.*

CÉBÈS, *à demi-voix.*

J'ai soif!

LA PRINCESSE

Est-ce que vous voulez boire?

> *Elle verse de l'eau dans un verre et le lui
> présente.*

CÉBÈS, *secouant la tête sans la regarder.*

Je ne veux point boire. Ce n'est plus la peine de
boire.
Que la nuit est longue, ô Dieu!

> *Le rossignol chante tout à coup de nouveau,
> tout près de la fenêtre.*

LA PRINCESSE, *écoutant, le verre à la main.*

C'est le premier rossignol. Il s'essaye à chanter
après l'effrayant hiver!

> *Le rossignol.*

CÉBÈS

O oiseau! ô voix forte et pure dans la nuit!
Mais la mesure du temps ne sera point changée.

O mystère de la nuit! et toi, ô saison de la nudité
de l'amour, quand il n'y a que des fleurs aux
arbres pour des feuilles!

Que dis-tu, oiseau? Mais tu n'es qu'une voix
et non pas une parole.

LA PRINCESSE

Pensez-vous que nous sachions la nouvelle tout
à l'heure?

CÉBÈS

Il est ici à la première heure.

Le voici qui s'en revient comme un homme qui
rapporte son outil.

Je l'attends avant que je ne meure.

LA PRINCESSE

Ne prononcez pas un tel mot!

CÉBÈS

Un tel mot? pensez-vous que je ne sache pas
ce qu'il veuille dire? Allez et écoutez ces gens qui
radotent dans les ombres de la chambre.

Je gis ici, et je meurs avant le temps par le
péché de mes parents. La sueur me coule sur la
face.

Et si tu savais la terreur qu'il y a en moi,

Tu ne me flatterais point comme un petit enfant
qui dit qu'il ne peut point dormir.

Femme, tu ne me consoleras point et je n'ai

point de part avec toi. Mais j'attends que mon
frère aîné

Revienne.

LA PRINCESSE

Voilà que vous me parlez brutalement, comme
tout le monde fait maintenant avec nous.

Vous me dites : tu, et moi je vous tutoierai
aussi : « Tu ne veux point que je te console et
peut-être que tu as tort en cela. »

Elle s'en va à quelque distance.

LE QUATRIÈME VEILLEUR

Bon! Après tout...

Ce jeune homme, avec l'armée qu'il s'est faite,
il est capable...

LE PREMIER VEILLEUR

Quelle bêtise!

LE QUATRIÈME VEILLEUR

Vous, vous êtes glacé comme un puits! et comme
un puits condamné!

Mais en vérité il y a une force en lui. Je ne pouvais tenir contre lui quand il parlait

Et qu'il me regardait à la fois, car sa voix est
forte et perçante.

Et le regard qu'il fixait sur moi était tel

Que je le sentais jusque dans le ventre et la
flamme de la confusion me montait aux joues.

Qu'il revienne donc avec la victoire joyeuse!

LE CINQUIÈME VEILLEUR

Et que feras-tu alors, dis?

LE QUATRIÈME VEILLEUR

O je vivrai avec joie!

Tendant la figure au soleil, tendant les mains
à la pluie!

LE CINQUIÈME VEILLEUR

Écoutez ce qu'il dit! Tu vivras en joie, cadavre?

Écoutez ce qu'il dit! et déjà il a oublié ce qu'il
a dit une minute avant et il ne s'en souvient plus.

Tu vivras en joie? Mais je dis que vous étiez
déjà morts et qu'il n'y a point de vie en vous, et
voilà que vous pleurez parce qu'on vient vous
enlever de la place!

N'espérez pas! car je dis que le glaive est levé
sur vous et il ne s'arrêtera point qu'il ne vous ait
dévorés, vous nettoyant de devant le visage du
soleil!

Le glaive, quand ce serait assez pour vous que
le rouge des poulailles et le mal ladre comme sur
les cochons!

Je vois cela et j'en exulte! Que le glaive vienne
sur moi!

Je ne désire point vivre en joie, car il n'y a
point de joie à vivre. Mais je désire mourir et je
suis comme un homme dépouillé!

Insensés! c'est assez pour vous que la vie vous
flatte les lèvres comme avec son doigt graissé.

Mais rien n'empêchera que je meure du mal de
la mort,

A moins que je ne saisisse la joie, comme une
chose qu'on saisit avec une main et qu'on arrache
avec l'autre,

Et ne la regarde et ne l'examine,

Et que je ne la mette dans ma bouche comme une nourriture éternelle, et comme un fruit qu'on serre entre les dents et dont le jus jaillit jusque dans le fond de la gorge!

Malheureux! il y a des ténèbres sur moi et je sais qu'il y a une chose que je ne vois point.

Car voici que nous avons mené les choses à la fin.

L'homme a travaillé et il n'est point resté inactif; il a travaillé tant que le jour était long et depuis le matin jusqu'au soir, et pendant toute la nuit,

Et sept jours par semaine, et il a fabriqué son œuvre.

Il halète et peut-être qu'il voudrait se reposer. Mais voici que son œuvre vit sous lui, et qu'elle ne veut pas s'arrêter, et il est devenu son esclave, car il est pris par les pieds

Et par les mains et il ne peut pas en détourner les yeux.

Et on le détachera à la fin, pour qu'il meure par terre,

Et, noyé de nuit et de misère, tout seul et étendu dans son ordure, il regardera en haut,

Comme l'ivrogne gisant dans le ruisseau qui regarde de ses yeux fauves dans le blême couchant l'étoile de Février.

Et ses yeux sont comme ceux du petit enfant et il y a une surprise dedans.

Ainsi...

LE PREMIER VEILLEUR

Ainsi quoi?

LE TROISIÈME VEILLEUR

Laissez-le. Il étrangle.

LE CINQUIÈME VEILLEUR

Je vous dis que vous êtes pris et que vous ne pouvez être délivrés.

Et la dalle est scellée sur vous; elle est scellée et cimentée et attachée avec des ongles de fer.

Nous sommes dans le lieu profond et la lampe brûle au milieu de nous.

Ne me sera-t-il donc pas permis de cracher contre les murs de ma prison?

Et après cela je pencherai la tête sur mon sein et mon cœur se brisera de mélancolie...

Silence. — Le Roi fait signe à la Princesse.

LA PRINCESSE

Que voulez-vous, père?

Il lui parle. — Elle l'écoute, la tête penchée.

LE QUATRIÈME VEILLEUR, *qui est le plus jeune.*

O quand reviendra le soleil!

CÉBÈS

O quand reviendra le soleil!

O la Marne dorée,

Où le batelier croit qu'il vogue sur les coteaux et les vignes et les maisons aux faîtes de plâtre, et les jardins où le linge est étendu!

Encore quelques heures,

Quelques heures, et le soleil poussera sa splendeur hors du Noir!

O il y a quelques années, alors que je n'avais
pas encore achevé de grandir,

J'allais me baigner avant le jour, et quand je
remontais, marchant dans la boue et les roseaux,

Je voyais l'Aurore grandir au-dessus des forêts,

Et, comme quelqu'un qui remet sa chemise,
tout nu je levais les deux bras vers les coquelicots
d'or! *soleil - coleur - grand vital de la vie*

O quand reviendra le soleil! Que je te revoie
encore cette fois, soleil de la terre!

Car désormais je ne te verrai plus t'élever dans
l'Orient.

LA PRINCESSE, au Roi.

Excusez-moi! Je ne saurais.

LE ROI

Je le veux!

LA PRINCESSE

Qu'il en soit donc ainsi!

> *Elle sort. — Pause.*
> *La Princesse rentre, revêtue d'une robe*
> *rouge et d'une chape d'or qui la recouvre de*
> *la tête aux pieds. Elle est coiffée d'une sorte*
> *de mitre et une longue et épaisse natte noire*
> *lui descend par-dessus l'épaule sur la poitrine.*
> *Elle s'avance, les yeux fermés, dans une sorte*
> *de mesure et avec une extrême lenteur et s'arrête*
> *entre la lumière et l'ombre. Tous la regardent*
> *en silence et avec une extrême attention.*
> *Pause.*
> *L'un des assistants se lève, prenant la*

*lampe, il l'approche de la figure de la Prin-
cesse et l'examine. Puis il repose la lampe
par terre et retourne à sa place.*

LE PREMIER VEILLEUR, *parlant.*

Qu'est-ce là?

LE SECOND VEILLEUR

Attention! chut!

LA PRINCESSE, *ouvrant les yeux un moment,
à voix basse.*

Celle qui a fermé les yeux et va se réveiller d'un
long sommeil.

Elle referme les yeux. — Silence.

LE QUATRIÈME VEILLEUR

Que parlé-je de soleil?

Voici qu'un autre soleil est dans cette salle et
nous regarde avec sa face rayonnante!

Qui est celle-ci qui, couverte d'un tel vêtement,
cache ses mains sous un tissu d'or?

Qui est ceci qui, selon la taille humaine,

Revêtu d'un manteau trop ample, se tient
debout entre la lampe et la nuit?

Tourne vers nous et tiens devant nous ton
visage!

Eïa!

La faveur de notre indignité est présente! Il
n'y a pas un de nous pour qui elle ne soit venue!
Très belle aveugle,

Ne rouvre pas les yeux! laisse-nous nourrir

Ta vue, maintenant que tu ne nous regardes pas!

LA PRINCESSE, *soupirant.*

Nnn!

LE PREMIER VEILLEUR, *à mi-voix.*

Que signifie cela?

LE SECOND VEILLEUR

Ne comprenez-vous pas?

> *Pantomime. La Princesse fait comme si elle se réveillait, avec des gestes extrêmement lents et les yeux toujours fermés.*

Regardez!

LA PRINCESSE, *soupirant de nouveau.*

Non! Ah!

> *Elle agite lentement la tête et reste immobile.*

LE QUATRIÈME VEILLEUR

Te réveilles-tu?

LA PRINCESSE, *plus bas.*

Ah!

LE QUATRIÈME VEILLEUR

Va, laisse,
Si ces paupières restent fidèles l'une à l'autre.

LA PRINCESSE

Ah!
Te quitté-je, doux pays?

LE PREMIER VEILLEUR

Quel pays?

LA PRINCESSE

« Je dors », s'appelle-t-il.

Je ne vis pas, mais je danse en dormant,

Et la part de mes pieds est entre les muguets
et les fleurs de fraisiers.

Car je ne puis bouger de la place!

Une voix sourde dit : Viens! Une voix claire dit :
Va!

Mais je ne puis bouger de la place.

Elle ouvre les yeux.

LE QUATRIÈME VEILLEUR

Regarde et vois! Hélas! tu as cessé de sourire.

LA PRINCESSE, *étendant les deux bras et montrant les assistants.*

Qui sont ceux-ci?

LE QUATRIÈME VEILLEUR

Des hommes vivants, et j'en suis un aussi.

LA PRINCESSE

Et pourquoi restent-ils assis par terre?

LE QUATRIÈME VEILLEUR

C'est la nuit, durant laquelle il n'y a point de
lumière.

LA PRINCESSE

Et quelle est cette lampe qui est là?

LE QUATRIÈME VEILLEUR

Lampas est exspectationis.

LA PRINCESSE

Et qu'est-ce qu'ils attendent?

LE QUATRIÈME VEILLEUR

La mort qui vient par le chemin, et la porte est restée ouverte.

LA PRINCESSE

Et quelle est cette demeure?

LE QUATRIÈME VEILLEUR

C'est la maison du roi.

LA PRINCESSE

Et pourquoi ont-ils posé la lampe par terre?

LE QUATRIÈME VEILLEUR

Je te le dirai : c'est afin qu'ils puissent la voir.

Demi-pause.

LE PREMIER VEILLEUR

Et qui es-tu, toi qui interroges?

Demi-pause.

LA PRINCESSE

Je ne sais pas. Je ne sais plus qui je suis, en vérité! Et vous, ne le savez-vous point? ô qui d'entre vous me le dira?

LE TROISIÈME VEILLEUR

Gaudium nostrum es et dilectio, et jussimus te valere.

LA PRINCESSE

Est-il vrai?

LE SECOND VEILLEUR

Te voilà de retour, ô femme?

Ton absence a été longue, mais je ne t'ai point oubliée et je songeais à toi souvent.

LA PRINCESSE

M'as-tu connue déjà?

LE SECOND VEILLEUR

Ne demande rien, car je suis un homme morose.

Pause.

LA PRINCESSE *les regarde pensivement*
l'un après l'autre. Ils abaissent les yeux.

Je vois mieux maintenant. Je vous vois tous. L'ombre en vérité ne vous cache point, ni cette lumière de la lampe.

C'est moi. Que me voulez-vous?

Vous songiez à moi, dites-vous? Eh bien, me voici.

— Pourquoi tenez-vous les yeux baissés? Craignez-vous de me voir?

LE TROISIÈME VEILLEUR

Nous ne voulons rien, ô femme, et nous ne te demandons rien.

LA PRINCESSE, *le regardant.*

Toi, je te reconnais. *(Elle se tourne vers le pre-*

*mier Veilleur.) Et toi! (Elle se tourne vers le
deuxième Veilleur.) Et toi! (Elle se tourne vers le
troisième Veilleur.) Et toi!*

Elle se tourne vers le quatrième Veilleur.

LE QUATRIÈME VEILLEUR, *se levant
précipitamment.*

Ouvre-moi la place! laisse-moi sortir!

LA PRINCESSE, *tendant la main vers lui.*

Reste!

LE QUATRIÈME VEILLEUR

Je ne comprends que ta beauté! C'est une comé-
die, mais pourquoi se tourne-t-elle vers nous
Avec le visage des choses passées et du remords,
Hélas! et des choses qui ne furent pas? Je me
souviens de la douceur de l'amour! Ne me fais pas
honte devant ces gens!

LA PRINCESSE

Honte? et moi-même ne puis-je avoir honte
devant eux?
Comme un homme sage et pudique qui se tient
debout parmi des gens ivres?
Ah! ah! je vois et je sais! hélas! Je vois! je vois
et je comprends!

LE QUATRIÈME VEILLEUR

Nous te saluons, ô belle! nous te saluons,
reproche!
O Notaire des mourants! voici que tu t'approches
de nous avec le rôle et le livre.

LA PRINCESSE

En vérité, j'ai pitié!

LE QUATRIÈME VEILLEUR

Sois triste, car nous sommes tristes.

Le rossignol, de nouveau.

LA PRINCESSE

Je ne suis pas triste! L'oiseau chante et je chanterai aussi! Qu'il chante et je chanterai aussi!
    Et ma voix s'élèvera comme la force de la flûte
Plus haut, plus fort! emplissant la ville et la
nuit.
    Je chanterai et je ne me contiendrai point!
    L'oiseau chante l'été et il se tait l'hiver; moi,
je chante dans l'air âpre et dur, et vers le ciel
désert, quand tout gèle, je m'élève éperdument!
    Car ma voix est celle de l'amour et la chaleur
de mon cœur est comme celle de la jeunesse.

Elle ouvre la bouche comme pour chanter.

LE QUATRIÈME VEILLEUR

Tais-toi!

LA PRINCESSE

Ne veux-tu point que je chante?

LE QUATRIÈME VEILLEUR

Tais-toi!

LA PRINCESSE

Je parlerai donc et je ne chanterai pas. — Pensez-vous que j'étais absente? En vérité, j'étais avec vous.

Et je ne vous dirai point qui je suis, car vous le savez et vous ne l'avez point oublié.

Toute femme n'est qu'une mère. Je suis celle qui élève et nourrit.

Et, vous conjurant pour vous-mêmes comme la pitié supplie,

Reçoit de vous pour le faire sien

L'effort informe, difficilement fait! Mais parce que je ne parle pas avec votre voix, vous me méprisiez,

Et vous ne comptiez pas me voir; mais je me suis montrée à la fin!

LE TROISIÈME VEILLEUR

Est-ce toi?

LA PRINCESSE, *après*
les avoir considérés en silence.

O fous! fous! Que dirai-je? que ne dirai-je pas?

Croyez-vous que vous puissiez vous cacher de moi? Je vous pénètre clairement jusqu'au fond. Rien ne s'efface sous l'ombre dolosive.

Et vous ne pourrez pas toujours

Vous dérober vous-mêmes comme un larcin fait.

Qu'avez-vous fait? de quelle manière vous êtes-vous éloignés de moi?

Je pourrais appeler chacun de vous

Par son nom et lui dire de se lever.

Et je reprendrais les choses une par une, et je lui montrerais comment il a été un fol, et comment il a péché,

Par sa faute et non par celle d'un autre,

En sorte qu'il serait devant moi comme un homme éperdu!

O vaniteux! ô vil et effronté compagnon! ô horrible et ridicule excès!

Tu m'as rejetée d'ici, mais maintenant je t'accuserai et tu m'entendras.

Je t'accuserai avec une voix aigre et perçante, et qui te traversera le cœur comme une épée,

Et je te serai plus dure et poignante qu'à son mari n'est une femme fâcheuse!

LE QUATRIÈME VEILLEUR

Que pouvions-nous faire?

LE TROISIÈME VEILLEUR

Sangloterons-nous devant toi comme la mandragore? ferons-nous trembler la Lune par des cris plus effrayants que ceux du meurtrier arrêté?

LE PREMIER VEILLEUR

Que reproche-t-elle? C'est une femme. Avons-nous pas connu

Des femmes comme elle en est une? Et qu'avons-nous trouvé là que néant?

LA PRINCESSE

Et moi, étais-je donc si laide,

Si déplaisante qu'aucun de vous n'ait consenti à me prendre pour maîtresse et à me suivre?

Qu'avez-vous fait pour moi? Cependant que ne pouvais-je donner?

La Muse parfois s'égare dans un chemin terrestre;

Et, profitant de l'heure le soir où ils mangent
la soupe dans les bourgs,

La passante aux cheveux hérissés de lauriers
marche nu-pieds, chantant des vers, le long de
l'eau,

Toute seule, comme un cerf farouche!

Et moi, bien que j'aime ce séjour,

Je ne reste pas toujours sous la grotte des fon-
taines et dans les ravins déserts entre les chênes,

Mais je me tiens au carrefour des chemins, et
dans les villes mêmes

Je me tiens sur les marchés et à la sortie des
bals, disant :

« Qui veut changer des mains pleines de mûrons
contre des mains pleines d'or, et se peser

« Du poids de chair de son cœur l'amour per-
durable? »

> *Elle s'approche de chacun des assistants et,
> le forçant à lever la tête en le saisissant par
> les cheveux et le menton, elle le regarde en face,
> de tout près. — Puis elle vient se remettre à sa
> place et garde le silence.*

LE QUATRIÈME VEILLEUR

Sauve-nous, notre âme, si tu le peux!

LA PRINCESSE

Vous ne me connaîtrez plus.

Que les ombres et la lampe soient témoins d'une
séparation juridique!

Plusieurs fois, dans de telles ténèbres, je vous
ai avertis sévèrement, vous m'avez rebutée :

Ici, dans cette lueur,

Maintenant que vous êtes comptés pour la mort, j'apparais,

Non pour réparer la rupture, pour l'attester!

Ils m'invoquent à cette heure que je ne puis plus rien!

Qu'avez-vous fait de moi?

Il est convenable que vous goûtiez la mort.

Mais moi, je souffre une punition très injuste, et je vous suis un reproche!

Infructueusement!

Hélas! que j'aie rencontré tant d'obstination et d'ignorance!

Hélas! je pourrais me lamenter, et si vous ne supportez pas

D'entendre votre femme crier dans le travail de l'enfantement, comment souffrirez-vous de m'entendre me plaindre de vous?

Oh! qu'il est tard! et il me faut, céans,

Partir seule comme une veuve chassée durement de la maison!

Vous me regretterez dans le dernier moment.

Mais je vous quitte, et cette demeure, et que les araignées y fassent leurs toiles!

> *Pause. Elle s'en va à reculons jusqu'auprès du lit de Cébès, et, inclinant la tête vers lui :*

Et toi, malade?

> *Cébès lève les yeux vers elle et il se met à rire.*

LA PRINCESSE

Pourquoi ris-tu?

CÉBÈS

C'est à cause de cette coiffure que tu as sur la tête!

Je te regarde et je ne puis m'empêcher que je
ne rie!

LA PRINCESSE

Regarde-moi plus attentivement.
Penses-tu que je ne puisse point te guérir?

CÉBÈS

Et que faut-il faire, Grâce-des-Yeux, pour guérir?

Pause.

LA PRINCESSE

Il faut me croire, Cébès, et m'aimer.

CÉBÈS

J'ai engagé ma foi à un seul, et je mourrai et
je ne la donnerai point à d'autres.

Silence.

Qu'as-tu à dire?

LA PRINCESSE, *faisant un mouvement.*

Adieu!

CÉBÈS

Ne t'en va pas! reste avec moi encore!

LA PRINCESSE

Prends cette main. *(Il la prend.)* Entends cette
dernière parole.

CÉBÈS

Eh bien?

LA PRINCESSE

Adieu!

CÉBÈS

Pas cela! pas ce mot cruel! ne t'en va pas!

LA PRINCESSE

Adieu!
La figure de la Cueilleuse-de-fleurs qui chante
S'efface tellement dans l'épais crépuscule
Qu'on ne voit plus que ses yeux et sa bouche
qui paraît violette.
Vers l'Épouse s'en va celui qui aime,
Et la porte s'ouvre sans que l'on voie personne.
Adieu! car je m'en vais d'ici.

> *Cébès se soulève à demi et, tendant la main*
> *vers elle, il la lui passe sur le visage. — Silence*
> *solennel.*

LA PRINCESSE, *revenant rapidement*
vers le milieu de la scène.

O mon père!
Tu m'as ordonné de me montrer à vous, et me
voici maintenant, pauvre fille, couverte de ce fas-
tueux costume!
J'ai parlé, mêlant à un discours appris d'autres
paroles. Je souffre! je souffre! je suis troublée!
Et toi, père, voilà que je te vois, rongeant ta
barbe,
Fixer par terre tes yeux sanglants. Laisse-moi
partir, je te prie!
La dame belle et illustre qui parlait tout à
l'heure n'est plus,

Et à présent, voyez-moi, ce n'est plus que moi-
même, la pauvre fille, soucieuse de ses ongles et
de son visage.

Adieu, père! adieu, vous tous!

Car la douleur monte en moi aussi, et il faut
que je me retire,

Tâtant des mains par les corridors noirs.

O mon père! ô ma mère que je n'ai pas connue!

Bientôt, tout de mon long, je gîrai par terre,
les mains ouvertes,

Ou avec une profonde source de sang au milieu
de la poitrine, j'imiterai la servante qui dort assise.

— Tombez, lourds, importuns vêtements!

Elle sort.

LE ROI, *se levant violemment.*

Pars! c'est bien!

Non pas une imagination, voici l'horreur réelle.

Regardez-moi, moi vieillard! par cette barbe
chenue que je tire à deux mains, je jure...

— Que ce désastre sous une forme

Se dresse devant nous et crie : *Adsum!*

Vous l'entendiez faire rage comme une bataille
derrière l'horizon,

Et maintenant voici qu'Angoisse-de-la-Mort,
empanachée, aux joues de cuivre, comme un
colosse ébranle notre échafaud!

« J'errais dans la nuit, tombant une écume plus
épaisse que celle du chameau, orpheline au cœur
rongé par un chien d'enfer!

« A présent dans le jour

« Je marche devant les légions, dans le sang et
le pétillement du feu, pareille à une meule incen-

diée, brandissant le fléau, serrant dans mes dents
une épée large comme un aviron! »

LE CINQUIÈME VEILLEUR

Je t'affronte! je ne te crains pas!
— Hachez-moi, taillez-moi en morceaux, et ma
tête coupée sautera et mordra!
Que le tonnerre m'écorce! et, comme Ajax, ren-
dant la foudre et l'eau de mer par la bouche et
le nez,
Bloc sanglant, je vomirai
Contre le ciel la malédiction comme une barbe!

LE ROI

Ruine! ravage!
Le bois flambe! les fleuves de pierres s'effondrent,
les clochers pleins de cloches s'abîment!
O mes champs dévastés!
O mes hommes vigoureux qui jonchent les routes,
pareils à des hannetons écrasés!
O l'épicerie et la boulangerie! O villages, mal
gardés par le Coq de la Croix! ô bourgs dévorés
par le sauvage cimetière!
L'heure n'est plus du labour et de la récolte et
du goûter tranquille entre le couteau et la miche!
Et nous-mêmes, comme des animaux crevés,
nous pourrirons parmi les orties et les teigneux,
Ou nous serons forcés de refuir vers les cavernes
et les forêts et de réapprendre le langage des
nymphes et des corbeaux!
O race! ô dynastie! J'ai vécu longtemps! longtemps le Roi a gouverné ce pays,

Solitaire, soucieux de la Sagesse, fixant sur le
devoir ses yeux arides,

Timonier instruit de la mer confuse par la
barre, habile à débrouiller la lente nouveauté
des étoiles!

Que je cesse de voir et de sentir!

Oh! la Vie

Nous regarde avec deux visages :

L'Aurore aux joues frottées de miel et de cire,

Et le Souci au visage tanné comme celui d'un
vieux pêcheur, taciturne, versant des larmes de
poix!

Que je tombe en arrière,

Faisant résonner le pavé avec ma tête de Roi!

LE DEUXIÈME VEILLEUR

Paix, paix, ô Roi, et ne parle point si haut, et
tais-toi, si tu ne peux dormir! Silence!

Car voici la partie redoutable de la nuit et qui
pour les yeux de l'homme n'est point faite,

Et voici une œuvre qui pour lui n'est point
faite, cependant qu'il dort son sommeil;

Car l'armée des cieux passe au-dessus de la
terre avec magnificence,

Et on la voit dans les flaques d'eau et dans les
puits ouverts qui sont dans les jardins des maraî-
chers.

Attends avec patience, et entends le coq qui
chante dans la nuit,

Et bientôt ce sera l'heure où le boulanger
rejette la pâte sur le pétrin avec un cri sourd, et
c'est un signe que le jour approche.

Je crois que le soleil reviendra et qu'il frappera

avec une lumière vermeille cette muraille que
couvre la vigne vieille et royale,

Et que la lumière avec le vent entrera par les
fenêtres vastes et hautes!

Je penserai à cela seulement et je tiendrai les
yeux en haut. Car ils sont faits pour voir, et comme
ils se ferment, c'est ainsi qu'ils se rouvrent.

Silence prolongé. — Coup de canon.

LE PREMIER VEILLEUR

C'est lui! il y a une nouvelle!

Entre violemment le Messager.

Parle! Qu'as-tu à ouvrir la bouche toute grande?
qu'as-tu à faire *oui* avec la tête? Si

La joie plus que la hâte t'étouffe, si

Tu contiens une nouvelle qui seulement

Ne soit pas désastreuse!

Ris seulement, ne garde pas cet air terrible!
Cassius!

LE MESSAGER

O

Triomphe!

Quelle gloire! quel cœur humain serait assez
fort pour supporter

Cela?

Et vous que je revois maintenant, mes frères!
Écoutez la nouvelle resplendissante!

LE TROISIÈME VEILLEUR

Parle! quoi? dis-tu...

LE MESSAGER

... Que nous avons remporté la victoire?

Oui!

LE TROISIÈME VEILLEUR

Que ce royaume est sauvé? que nous vivons
encore? que ce pays

Subsiste avec son peuple dans sa longueur et
sa largeur?

Je t'écoute en tremblant! Co-
——mment cela est-il possible?

Tu ne dis pas que nous ayons vaincu, nous?

LE MESSAGER

Si! C'est ce que j'ai dit!

LE QUATRIÈME VEILLEUR

Mes cheveux se dressent sur ma tête et mes
larmes coulent comme de la neige qui fond!

Et je pousserai un cri tel

Qu'on croira qu'un mort s'est dressé de son
tombeau, faisant voler la pierre au loin!

Quoi!

Cette masse en armes qui descendait dans une
effroyable ordonnance et par lignes successives,
ces colonnes profondes qui d'un seul pas

S'avançaient à travers les plaines et les vallées,
et le défilé interminable des canons...

LE MESSAGER

Je dis que nous avons vaincu, n'as-tu point
entendu? je dis que nous avons gagné la bataille.

LE QUATRIÈME VEILLEUR

Qu'est-ce qu'une bataille? le danger est toujours sur nous.

LE MESSAGER

L'ennemi se retire frappé de terreur. Il s'arrête comme s'il avait vu l'Ange de la Mort!

LE TROISIÈME VEILLEUR

Certes, c'est lui qui était ici et c'est lui qui s'est montré à eux.

LE DEUXIÈME VEILLEUR

Dis-tu que l'ennemi se retire?

LE MESSAGER

Il fuit! il part! il se retire!

LE QUATRIÈME VEILLEUR

Tu apportes la chaleur dans un lieu glacé, et dans une nuit noire une lumière très éclatante!
Je t'en prie! aie patience! Répète cela encore! nourris-moi de cette parole chérie!

LE MESSAGER

Nous avons vaincu! Nous avons chassé! Nous avons prévalu par la force!

LE QUATRIÈME VEILLEUR

Triomphe!

LE PREMIER VEILLEUR

Ne dites-vous rien, Sire?

LE ROI

O enfants!
Je ne puis parler,

Car une heure meilleure que je ne le mérite
Est venue pour moi,
Incapable, inutile gouverneur de ce pays!
O messager! tu as rendu au pain et au vin leur
goût!
Que les cloches célèbrent une grande rumeur!
Et que ces gueules toujours rondes, se levant
sous les pieds du sonneur, de notre jubilation
emplissent
Le cercle de la terre et la hauteur du ciel!
Que les chanteurs de triomphe se mettent
ensemble debout,
Et que leurs bouches, exhalant
Un chant de bénédiction, mangent du soleil
jusqu'au soir!
A boire! je veux boire avec toi, ô messager,
Comme font deux rouliers ensemble dans une
auberge sur la route!

On apporte à boire.

O Fortune, je bois à toi avec cette main trem-
blante! accepte ce toste!
O Fortune, à cause de cette heure que tu nous
as donnée, conduis-nous où tu veux! *(Il boit.)*
Excellent verre de vin!

LE MESSAGER

Je ne puis point
Mordre au verre avant que cette joie excessive
Qui me soulevait sur mon cheval, tandis que je
galopais vers vous,
N'ait parlé!
Je dis que ce royaume a été sauvé par des mains
pleines de sous et de diamants!

Il n'eut point honte de mendier sur les ponts, dans les carrefours,

Tendant ses mains princières,

Enfonçant dans la boue ses genoux armés...

LE TROISIÈME VEILLEUR

Nous l'avons vu!

LE MESSAGER

... Fixant devant lui ses yeux étincelants, tel qu'une Andromède aux crins de cheval, plus fier que le dieu du vent quand devant les eaux

Il s'agenouille, tendant ses mains aux chaînes, sur les rochers d'Occismor,

Jusqu'à ce qu'il entrât jusqu'à l'enfourchure dans l'aumône!

Car chacun le regardait avec étonnement, et, frappé d'une honte obscure, lui donnait en silence ce qu'il avait et il le mettait par terre devant lui.

Il était venu, notre Roi, prince singulier par sa beauté, orné d'actions merveilleuses!

Et, pleins d'une douleur secrète, nous nous rappelions la face timide et terrible.

LE PREMIER VEILLEUR

C'est ainsi que...

LE MESSAGER

Si quelqu'un osait lui parler le premier, disant : « Qui êtes-vous? »

Il le regardait aussi et répondait : « Ce qu'il te semble, tu ne te trompes pas. »

« O! » disait-on. « O! » disait-on! « la guerre! »

« Quand est-ce que nous aurons la paix? »

— « Tu voudrais vivre en paix? »

— « Certes », disait l'autre, « oui, ma foi! » —
« Tu ne le peux pas, lâche, mais on vient te
prendre ton bien,

« Et l'homme arrive qui te mettra la main
sur le cou et qui te châtrera comme un animal
domestique. »

Et l'autre disait : « Que puis-je faire? » —
« Combattre », répondait-il, « résister. »

— « Et vaincre aussi, n'est-ce pas? — Tu le
peux », répondait-il, et il le regardait fixement.

« O homme bafoué et outragé!

« Aujourd'hui tu peux te laver de ta honte et
te lever de ta bassesse et démentir le nom qui
t'a été donné! »

On répétait ces paroles, et celui qui les avait
entendues parfois

Ne les oubliait pas, mais, laissant sa femme seule
dans son lit à pleurer,

Il marchait toute la nuit dans sa chambre,
retournant cette pensée :

« Si je veux, ne puis-je point? »

Jusqu'à ce qu'un mot faible, plein d'un sens
fort,

Apparût à l'intelligence : « Je peux! »

LE PREMIER VEILLEUR

C'est bien étonnant! c'est tout à fait étonnant!
Je ne croyais pas ce qu'on me disait.

LE MESSAGER

Voici donc

Que dans l'âme douloureuse s'installe une fureur de captif!

Ils renoncent à vivre, et criant : En avant! ils vont où bat le rappel.

Mal sûrs encore

Quand, comme un maître au milieu de ses ouvriers, il marcha parmi eux, les regardant tous, s'assurant

Que chaque chose était selon son ordre,

Ils tournaient vers lui leurs rangées d'yeux de toutes couleurs, et ils furent réconfortés.

Tous, ils étaient joyeux de quitter leurs familles et leurs métiers.

Et comme, sur le talus, il y avait un grand genêt, arbre de fleurs jaunes, cher aux abeilles,

Il le fit couper, et, l'ayant baisé, il ordonna de le porter près de lui; alors il monta à cheval.

Et les soldats, attendant que leur tour fût venu de partir,

Écoutaient derrière eux le bruissement du drapeau, coq de la guerre, chant des voiles!

TOUS

Allons! parle! parle!

LE MESSAGER

Mais quand ils furent sur le champ où il fallait mourir ou vaincre,

Ils connurent un autre drapeau.

LE PREMIER VEILLEUR

Quel drapeau?

LE MESSAGER

Quel drapeau? Pas un frivole bout de soie, pas une chemise de femme qu'un enfant agite au bout d'une rame à haricots!

Mais comme un ancien gibet avec sa charge de pendus ou comme un mât armé de vergues,

Le monstrueux drapeau de notre misère, énorme, chargé de chaînes!

Ils le virent, posant eux-mêmes les pieds sur un sol engraissé de leurs

Pères et de leurs mères comme des feuilles!

Et d'abord ils serraient les épaules et le combat se maintint quelque temps.

Mais à la fin, pleins d'une colère comme celle qu'excite l'argent,

Ils se ruèrent en avant tous ensemble, se faisant connaître leurs voix discordantes.

Et alors, je dis qu'une panique derrière eux

Se leva, comme si soudain, bien qu'il fît jour, la Nuit,

Dressant sa tête géante avec son diadème d'étoiles,

Avait soufflé dans sa trompette de vertige!

Eux, les autres, s'étonnèrent et tremblèrent et les masses ennemies,

Comme des chevaux frappés d'horreur par un bruit de chaînes,

Se renversèrent en arrière!

C'est ainsi que nous avons levé cette armée, étant entrés dessous,

Et que nous l'avons jetée comme un tonneau de l'autre côté,

Renversant un immense tumulte d'hommes

Sur la terre et dans les rivières bordées de roseaux.

Voyez! regardez cela! cette horde innombrable : ils tournent le dos, ils fuient devant nous, bon sang!

O qui eût vu un tel massacre et les tas de mourants

Bourbiller comme les poissons au fond d'un bateau!

TOUS

Triomphe!

LE MESSAGER

De grands cris résonnaient sur l'aire sanglante, et le galopement éperdu des cavaliers, et le canon dont la flamme traversait l'épaisse fumée!

Bougre!

Nous les avons chassés du soulier comme des rats!

Des vieillards avec un geste chétif

Ont fait fuir des bataillons, et des enfants dont la voix muait,

Le saisissant à la bride, ont ramené le cheval de guerre avec son cavalier.

J'ai vu cela!

J'ai vu porter des ramées de drapeaux!

Je me souviens des soldats avec leurs barbes noires ou leurs mentons hérissés de poils blancs,

Qui le soir, tandis qu'on faisait la soupe.

Fatigués, se tenaient debout, les pieds dans la bruyère, rouges comme l'arbouse, tels que des forgerons, de la rambleur,

Contemplant, à travers les branches, le ciel écarlate d'où vient la vie.

— Pour lui,

Ceux qui se tenaient près de ses étriers, prenant ses ordres,

Écoutant d'une lèvre gonflée ce qu'il disait, virent sur son visage pour la première fois,

Comme de celui qui au milieu d'une foule se raille d'une ridicule infortune,

Le sourire perfide de la jeune fille!

TOUS

Triomphe! triomphe!

LE MESSAGER

Maintenant puissent ces yeux qui ont vu un tel spectacle

Se couvrir d'une taie, et ce vase

Qui a contenu une telle image, se rompre!

O moi qui ai pu vivre pour voir un pareil jour!

O joie! la Victoire hennissante, comme un cheval vierge,

S'est roulée sur le champ de bataille,

Se débattant de ses sabots étincelants, tournant vers le ciel son ventre de truite!

CÉBÈS

O messager!

LE MESSAGER

Qui m'appelle?

CÉBÈS

Est-ce tout ce que Tête d'Or a dit? Est-ce qu'il ne revient pas présentement?

LE MESSAGER

Êtes-vous celui qu'il appelle Cébès?

CÉBÈS

Eh bien?

LE MESSAGER

En ce cas, Tête d'Or m'a dit de vous annoncer...

CÉBÈS

Eh? a-t-il songé à moi?

LE MESSAGER

... Qu'il revient. Et vous aussi, sachez-le!
« Dis que je reviens ici », ce sont ses paroles.
« J'arrive, c'est moi. »

CÉBÈS

Il revient?

LE MESSAGER

Je ne le précède que peu.

Trompette au dehors.

LE PREMIER VEILLEUR

Écoutez!

LE TROISIÈME VEILLEUR

J'entends la voix de la trompette.

Pause. — Bruits d'armes au dehors.

LE QUATRIÈME VEILLEUR

Le voici.

Entre Tête d'Or. Comparses.

LE ROI, *s'avançant vers lui.*

Tu as sauvé ce royaume,
Les hommes qui travaillent, les femmes qui
enfantent et les champs qui produisent la nourri-
ture.
Tu as donné à chaque chose une autre naissance.
Et moi-même, jeune homme, je te salue du titre
de Père.
Que la bénédiction s'accumule sur ta chère tête!
Entre, triomphateur, héros!
Sois le bienvenu dans cette demeure et dans
cette salle seule où reste un peu de lumière.
Et, le premier, je te salue comme je le dois.

Il s'incline devant lui.
Tous viennent s'incliner successivement
devant lui, disant :

Salut!

TÊTE D'OR

Je vous remercie, Sire,
Et vous tous. — Qui suis-je? qu'ai-je fait?
Ce qui doit être existe déjà, qui ne le sait?
— *(A Cébès.)* Et toi, ne me salueras-tu point
à mon heureux retour?

CÉBÈS

O Tête d'Or!

TÊTE D'OR

Cherche ton excuse! feins d'être malade encore!

CÉBÈS

Reste avec moi, car je voudrais te parler.

TÊTE D'OR

Il demande à me parler.

LE ROI

Veux-tu que nous nous retirions?

TÊTE D'OR

Faites cela pour moi.

Faites cela pour moi, messieurs! Pardon, je vous prie.

Vous entendrez ce que je dois vous dire tout à l'heure.

Ils se retirent tous.

TÊTE D'OR

Eh bien! tu le vois! ô Cébès! tout de même! Je reviens, ayant vaincu!

CÉBÈS

Par tes mains victorieuses, très cher!

TÊTE D'OR

Accueille-moi fraternellement.

Ils s'embrassent.

CÉBÈS

O toi qui as pu vaincre!

TÊTE D'OR

Je leur ai aboyé aux talons! je les ai fait lever de leur ordure dans laquelle ils étaient assis.

J'ai vu enfin que ce que j'avais désiré était.

CÉBÈS

Comment as-tu fait?

TÊTE D'OR

Je te le dis! j'étais plus ferme sur mon cheval que sur un roc.

— Et je voulais causer avec toi, mais te voilà encore dans ce lit.

CÉBÈS

Ne me plains pas.

TÊTE D'OR

Est-ce que cela va mieux?

CÉBÈS

Parce que je n'en suis pas digne, héros!

TÊTE D'OR

Tu me manques en ce que tu me dois.

Ne suis-je pas ton tuteur? Penses-tu que ce que j'ai fait soit pour rien? Est-elle vaine, l'adoption que nous avons serrée, la nuit triste?

Et n'es-tu point à moi?

Silence.

Eh?

CÉBÈS

Eh bien?

TÊTE D'OR

Quoi?

CÉBÈS

Rien.

TÊTE D'OR

Tu tortilles la chaîne de mon épée sans rien dire.

CÉBÈS

Tête d'Or...

TÊTE D'OR

Eh bien?

Silence.

CÉBÈS

Est-ce que tu ramènes ton armée avec toi?

TÊTE D'OR

Oui, elle me suit.

CÉBÈS

Tu as remporté la victoire! Tu as su commander à tous ces hommes, selon leur corps et leur bataillon, et ils t'ont obéi!

TÊTE D'OR

Oui, puisque je voyais, et que je savais.

CÉBÈS

Quoi?

TÊTE D'OR

Ce qui est convenable et le saisir.

L'œil et la raison disent en même temps : Il
faut! Mon dû me doit être payé.

CÉBÈS

Et moi, je ne vois pas et je ne sais pas!
Qu'aurais-je pu faire?

Cependant je suis savant, en une chose toute
seule.

TÊTE D'OR

Laquelle?

CÉBÈS

T'ennuierai-je si je te dis tout? ou te parlerai-je
à mon aise

Comme à celui à qui

Je me suis appuyé?

TÊTE D'OR

En quelle chose?

CÉBÈS, *très bas.*

A me
Donner.
Mais à qui me donner? Non pas
A celui qui est aussi faible que moi.

Rien d'imparfait ne peut me suffire, car je ne me
suffis pas à moi-même.

Je cherche donc celui qui est parfaitement juste
et vrai,

Afin qu'il puisse être parfaitement bon et que
je l'aime de même.

Je ne suis qu'un enfant, Tête d'Or! Mais je
te le dis, il y a en moi

Une chose plus ancienne que moi,

Et elle a en elle-même son origine, et elle cherche
sa fin, indignée contre ma raison et contre mes sens
infirmes, et elle me rend la vie amère.

Mais j'ouvre les yeux et je vois le soleil qui se lève
et qui se couche,

Et la nature, et je n'y trouve point de joie. Et
les hommes, et ils sont pareils à moi.

A qui d'entre eux parlerai-je? Je lui parlerai et
il me répondra.

Chacun crie : Paye comme nous le droit d'être
vivant! Mais, n'ayant point d'art, comme je te
le dis,

Je ne puis payer que de moi seul.

Et tous les hommes ne sont que de pauvres gens.

— Mais toi, penses-tu que celui que je dis existe?

TÊTE D'OR

Tu mets le doigt en moi aussi sur une vieille
blessure! — Il existe.

CÉBÈS

Il existe donc.

Mais lequel de nous deux parle et n'est pas
entendu?

M'a-t-il rejeté, ou de quel reproche suis-je
entouré moi-même?

J'atteste la Vérité

Qu'il n'y a pas une chose ici que je ne sois prêt
à quitter comme un siège!

Mais je vois une mouche, une herbe, une pierre;

Et lui, si je ne le saisis point, pourquoi mes yeux ont-ils été doués de la faculté de voir, et mes mains de doigts comme si elles voyaient!

Car j'élève les mains et je les agite çà et là!

Et quelqu'un me parlera-t-il de l'attente, des travaux de l'amélioration par qui l'homme auguste célèbre sa dédicace comme un temple?

Je me soucie peu d'être aimé. Mais je sais aimer, et je veux voir et avoir!

Mais là où je désire avec certitude, je ne trouve réellement quoi que ce soit.

Et pourquoi en serait-il plus tard autrement? car je suis fait de chair et de sang, selon ce que ma mère me fit.

TÊTE D'OR

Qu'y a-t-il? Tu me regardes étrangement et il y a quelque chose en toi que je ne reconnais pas.

CÉBÈS

Tu es revenu, Victorieux,
Pour tous comme le retour des jours heureux qui approchent, et moi tout seul tu ne me sauves pas!

TÊTE D'OR

Que veux-tu dire?

CÉBÈS, *se recouchant sur le dos.*

Je meurs.

TÊTE D'OR

Que me dis-tu là?

CÉBÈS

Ce que les médecins m'ont dit, et c'est la vérité.

TÊTE D'OR

Non!

CÉBÈS

Je mourrai avant la nuit prochaine et avant qu'il ne soit Midi!

TÊTE D'OR

Non! non!

CÉBÈS

Ce n'est point la douleur que je crains, et la crampe, et l'horrible effort pour vomir,

Quand la bile et le sang m'emplissent la bouche et la sueur coule de moi comme si on pressait une éponge.

Cependant je puis supporter cela, car j'ai le cœur ferme, et je regarderai ton visage, mon frère, dans l'heure de ma torture.

Pourquoi suis-je né? Car je meurs et voici que je n'existe plus.

Mais les ténèbres ont été faites sur moi en sorte que j'y dormais et que je m'y réveillais. Et je ne voyais rien; et j'étais sourd et je n'entendais aucun bruit.

Voici que je suis comme un homme enterré vivant et je suis enfermé comme dans un four!

Donne-moi de la lumière! donne-moi de la lumière! donne-moi de la lumière! donne-moi de la lumière! car je veux voir!

Donne-moi de l'air! car j'étouffe!

Donne-moi à boire, car je ne veux point de cette eau qu'ils me présentaient.

Mais toi, donne-moi de l'eau à boire, car la soif me consume, afin que je meure en paix!

O frère! j'ai mis ma confiance en toi, ne me secourras-tu pas? Je te supplie, soldat, Chef d'Or, ô mon frère à la chevelure éclatante!

TÊTE D'OR

Oh! que ne fais-je pas comme l'aigle,

Qui, laissant tomber une proie inutile, crève aussi sur l'aire pillée!

Pourquoi m'as-tu pris sur le chemin?

Pourquoi, tel que l'orgueil, t'étant agenouillé devant moi, m'as-tu saisi entre tes mains comme un arbre ou une fontaine?

Sur mon cœur, il serrait son visage contre ce remords palpitant!

Et il me supplie de nouveau au moment où il meurt!

Je ne sais rien! J'ai fait effort,

Et je me suis tourné vers cette maison de péché,

Et je pensais, ayant renoncé à tout espoir en moi-même,

Qu'*aujourd'hui*, je ferais œuvre de mes mains!

Tu parles de désir, la faim de l'heure présente me tire!

Le désir rapace m'entraîne en avant par ce lieu d'horreur!

Et il demande, et je ne puis répondre à cet enfant, malheureux! et voici qu'il meurt.

CÉBÈS

Tu pleures? Est-ce tout ce que tu as à répondre?

TÊTE D'OR

Je te prie

Que tu me laisses et ne m'interroges pas. Que veux-tu de moi? Est-ce que je te cacherai dans mon ventre et est-ce que je t'enfanterai de nouveau?

C'est très horrible

Que tu aies pu m'arracher ces gouttelettes de femme!

Tu me questionnes et, comme une chose brute, je ne puis répondre que par ces eaux vaines!

CÉBÈS

Tu ne m'échapperas point ainsi. Réponds et je t'interrogerai. Car tu es mon maître, et il faut que tu me répondes.

Réponds! quand l'homme meurt, est-ce que quelqu'un subsiste?

TÊTE D'OR

Tais-toi et ne me tente point.

CÉBÈS

Réponds! Est-ce que la personne finit? Car pour la forme du corps, il est vrai qu'elle disparaît.

TÊTE D'OR

Je réponds que l'homme a été conçu selon la chair.

CÉBÈS

Et mourir n'est-il point sortir?

TÊTE D'OR

Ce monde-ci a été fait pour l'homme et une limite a été tracée autour de lui,

Afin qu'il ne sorte pas, et que personne n'entre non plus.

CÉBÈS

Je mourrai donc et je n'existerai plus?

TÊTE D'OR

Je te dirai ce que je sais, alors que je ne sais pas.

Et ma réponse est le silence et l'haleine que profère la bouche ouverte et noire.

Tu ne respirais pas alors que tu étais dans le ventre de ta mère,

Mais son sang entrait et passait en toi et ton cœur était amarré à son cœur par le milieu de ton ventre.

Et, étant sorti d'elle, tu respiras et tu poussas un cri!

Et moi aussi j'ai poussé un cri,

Un cri, comme un nouveau-né, et j'ai tiré l'épée acérée et brûlante, et j'ai vu

L'humanité s'écarter devant moi comme la séparation des eaux!

Et voici que je reviens vers toi et que je te retrouve dans la langueur de la mort!

Faut-il que tous ceux que j'aime meurent et me laissent seul?

Faut-il que tu te flétrisses dans mes mains

comme une fleur d'eau, avant que je ne t'aie
demandé : Qui es-tu? et que tu ne m'aies répondu?

Fosse d'ennui! horreur où je me tiens debout!
Y a-t-il quelqu'un ici?

Y a-t-il quelque chose de stable ici? Qui sculp-
tera une lettre sur la paroi de la Montagne?

On peut manger; on peut mettre un plat devant
soi et s'en repaître :

Nos dents grincent sur des graviers et de nos
yeux coulent des larmes invisibles.

Va donc dans le lieu commun! Et maintenant,
je te le dis,

N'espère pas que tu subsistes, étant mort,

Car l'homme verra-t-il sans ses yeux? et que
pourra-t-il

Saisir autrement qu'avec ses mains?

CÉBÈS

S'il en est ainsi,

O mon corps, tu m'as été d'un petit avantage.

Car tu meurs et il faut que je meure avec toi.

Je mourrai comme un quadrupède, et je n'existerai plus.

Pourquoi alors m'a-t-il été donné de savoir
cela?

(Il commence à crier.) Ah! ah!

TÊTE D'OR

Oui, crie!

CÉBÈS

Nuit! ô Nuit!

TÊTE D'OR

La nuit est vaste et large, et le soleil y disparaît,

Et le silence existe où il n'y a point de voix et de parole.

CÉBÈS

Jamais et à jamais!

TÊTE D'OR

Crie! crie!

CÉBÈS

Pour toi, tu vis. Tu vis et tu me regardes mourir, à tes pieds! Oh! oh!
O Tête d'Or, ne peux-tu rien pour moi? car je souffre!

TÊTE D'OR, *changeant de voix.*

N'aie pas peur. Je suis là. N'aie pas peur
De mourir. Tout est mal.

CÉBÈS

Ne t'en va pas! Garde-moi! Reste ici! Laisse-moi avec toi
Un peu! Que je ne te dégoûte pas parce que je meurs!

TÊTE D'OR

Regarde, je te tiens la main. Qu'est-ce que je disais donc?
Va! la mort n'est rien. Souris! ne veux-tu point me sourire?

CÉBÈS

Seul!

TÊTE D'OR

Comment?

CÉBÈS

Seul...

TÊTE D'OR

Seul? que dis-tu?

CÉBÈS

... je meurs!

TÊTE D'OR

Ne suis-je pas avec toi?

CÉBÈS

Seul je meurs!

Car je ne sais qui je suis moi-même, et je fuis et m'échappe comme une source perdue!

Pourquoi donc dis-tu que tu m'aimes? pourquoi mens-tu?

Car qui peut m'aimer,

Puisque je n'existe pas, alors que je ne subsiste pas?

C'est l'indignation qu'il y a en moi!

C'est la tension et la nausée dans laquelle je tire, essayant de m'arracher de la fermeture de mes os!

Seul je meurs! et je suffoque et il y a quelque chose en moi qui n'est pas satisfait;

Plus seul que l'enfant tué par sa mère et qu'elle enterre sous le fumier avec

Les assiettes cassées et les chats morts dans la terre pleine de gros vers roses!

Il essaie de se lever.

TÊTE D'OR

Que fais-tu? Reste!
Voyons! tu ne peux te lever!

Il le retient.

CÉBÈS

Je veux me lever, marcher encore! Oh, je peux
vivre! Laisse-moi, lâche-moi!

TÊTE D'OR

Reste là, fou! Ne me reconnais-tu pas?
Que veux-tu faire?

CÉBÈS

Ne me lâcheras-tu pas, misérable? O lâche! Je
te hais! — O bourreau, il me tient! — Ne me
lâcheras-tu pas?

*Il le mord à la main et se dégage. Il se lève
et tombe. Tête d'Or le rapporte sur son lit.*

TÊTE D'OR

Vois!

CÉBÈS, *criant.*

Ho, ho, ho!

TÊTE D'OR

Tais-toi! apaise-toi!

CÉBÈS, *criant.*

Ho!

TÊTE D'OR

Tu me glaces! Ne hurle pas comme une louve dans cette nuit maudite!

CÉBÈS

Oh! ô Dieu!

TÊTE D'OR

Cébès!

CÉBÈS

Toi, laisse-moi!

TÊTE D'OR

As-tu oublié...

CÉBÈS

Laisse!

Il reste la bouche ouverte et repose lentement la tête sur le lit, puis il se met à sourire. Pause.

Tête d'Or, il y a plusieurs espèces d'hommes, les faibles et les forts, les malades et ceux qui se portent bien;

J'ai pitié d'eux; les inhabiles et les bègues, les pauvres d'esprit, et ceux qui demandent qu'on leur donne quelque chose;

Et du sourire qu'ils ont alors que le frisson de la honte leur passe dans le dos;

Et de ceux dont on se moque et qui ne savent que répliquer, et des lâches,

Et de ceux qui des ténèbres de leur âme exhalent une prière sans odeur!

Et toi, n'auras-tu point pitié de moi aussi?
Et je te dis comme cette femme,
Quand elle est morte sur le talus de la route :
« Pourquoi me laisses-tu mourir? »

TÊTE D'OR

Prends-moi avec toi si tu veux! Penses-tu que
je ne sois pas las?
J'essayais en gémissant de me retirer des mains
fortes et dures.
Et voici que tu pleures et que tu veux me
ramener à cet affreux sommeil!
Le vent souffle dans mes cheveux, et le monde
navrant s'étend devant mes yeux désespérés; et
je regarde et je m'emplis de honte!
O le sort de l'abeille et de l'insecte qui ne vit
qu'une saison et un jour!
Et l'oiseau des bois vit aussi, et la chenille sous
la feuille et le genêt qui vient dans les grès,
Et la bête sauvage, et le chardon aux fleurs
rouges!
Et toi aussi, mourant, tu me conseilles de
mourir!
Je ne peux pas sortir mes membres de ces dures
charnières!
O monde! ô moi-même et ma destinée très
honteuse!
Que je devienne de fer et comme un ais de bois!

CÉBÈS

Quel espoir...

TÊTE D'OR

Je te regarde et c'est ainsi que tu gis étendu!

CÉBÈS

Va, il ne s'agit pas de cela. Tout est mieux que
tu crois. Mais, dis...

Je ne sais pas... comprends-moi... hein? quel
orgueil intérieur, quelle secrète flamme...

TÊTE D'OR

Moi non plus, je ne sais pas! Je suis las!

Tu parles de choses cachées qu'il dégoûte la
langue épaisse de dire.

Des histoires sans raison, du sang qui coule
comme de la salive!

Une petite parole de consolation veille au fond
de tout abandonnement,

Doux myosotis de feu qui nous éclaire triste-
ment d'une lumière fidèle!

— Hors du silence une voix telle que la voix
humaine

S'est adressée à mon cœur, et il s'est fondu
comme une masse de fer! Elle résonne encore!
Cet espoir nous réchauffe comme le café!

O divin géranium! ô caillot de soleil! il palpite!
il saigne comme une loque de viande!

Car une force est en moi et un esprit

Tel qu'un soufflet sur le fer qui est au feu.

— Je t'en prie! ne demande plus rien.

CÉBÈS

Il le faut cependant.

— Mère, mon frère! ô ma nourrice aux côtes
cuirassées!

TÊTE D'OR

Eh bien?

CÉBÈS

O frère! ainsi tu n'as rien trouvé à me dire à ce
dernier moment! Eh bien,
Moi, j'ai à te dire quelque chose.

TÊTE D'OR

Et quoi?

CÉBÈS

Il n'a pas été permis que je meure ainsi désespéré! Et maintenant, je suis au-dessus de la douleur,
Et elle n'a plus rien de moi. Tête d'Or!

TÊTE D'OR

Quoi, frère?

CÉBÈS

Prends-moi dans tes bras et tiens-moi, car il
n'y a plus en moi aucune force. Et mets-moi sur
ton épaule comme une brassée de feuillage.
O Tête d'Or! tu as fait couler ton sang sur
moi, et moi je pèserai sur toi et je me répandrai
sur toi tout entier,
Car je ne tiens plus à rien et je suis comme une
branche coupée.

Ils font ainsi.

TÊTE D'OR

Je te tiendrai donc à mon tour.

CÉBÈS

Ils disent

Que si au milieu de sa route, dans une sauvage solitude,

Le cœur fait que le piéton s'arrête tout à coup,

C'est l'amour, tel que l'homme et la femme s'étreignent misérablement.

Ils ne se reconnaissent plus eux-mêmes, et celui qui aime ressent une douleur comme s'il avait été frappé sous la côte.

Et voici qu'il invente ces paroles qui commencent par *O*,

Imitant les cris perçants des oiseaux de mer, car leur silence est comme la paix des eaux.

TÊTE D'OR

Qu'as-tu à me dire?

CÉBÈS

O Tête d'Or! je ne suis pas une femme et je ne suis pas aucun homme non plus,

Car je n'ai pas l'âge plein, et je suis comme si je n'étais plus déjà.

TÊTE D'OR

Qui es-tu donc?

CÉBÈS

O Tête d'Or, toute peine est passée! Le rets est rompu et je suis libre! Je suis l'herbe qui a été arrachée de la terre!

C'est la joie qui est dans la dernière heure, et je suis cette joie même et le secret qui ne peut plus être dit.

O Tête d'Or, je me donne à toi et je me livre
entre tes mains! C'est pourquoi tiens-moi pendant
que je suis avec toi.

TÊTE D'OR

O Cébès que je tiens ainsi, je t'interrogerai à
mon tour. La main et la figure
S'approchent de la figure et elles ne la touchent
pas, car il y a entre elles comme un verre :
C'est la douleur de l'amour, par qui il est comme
de l'eau qui bout.

CÉBÈS

Aime-moi donc davantage, car à peine suis-je
un homme vivant.
Et je suis comme un oiseau qu'on a saisi au
vol.

TÊTE D'OR

O frère, je t'ai pris jalousement
La femme que tu aimais et tu aurais été heureux
avec elle. Mais il ne fallait pas que tu en aimasses
un autre que moi.
Frère! enfant!
O toute la tendresse qu'il y a en moi, je te tiens
entre mes mains!
O poids! ô sacrifice que je porte dans mes bras
comme un mouton dont les pieds sont liés ensemble!
T'appellerai-je mon enfant ou mon frère? Car
j'étais plus attentif à toi
Qu'un père ne l'eût été à la petite figure pâle.
Et mon cœur était attaché au tien par un lien
plus fort et plus doux

Qu'à son frère ne l'est un frère aîné, quand il joue et cause doucement avec lui le soir et qu'il l'aide à défaire ses souliers.

O mon ami trouvé dans les ténèbres, voilà donc que tu me quittes et me laisses tout seul!

CÉBÈS

O Tête d'Or, comme tu t'es donné à moi,
C'est ainsi que je me donne à toi,
Et comme tu ne m'as pas donné ton secret,
C'est ainsi que je ne te donnerai pas le mien.
Je ne pèse plus, et je suis comme une chose qui ne peut plus être tenue.

Il le baise sur la joue.

Adieu!
Et maintenant, recouche-moi.

Cependant le jour commence à paraître faiblement.

TÊTE D'OR

Le jour!

CÉBÈS

Le froid matin violet
Glisse sur les plaines éloignées, teignant chaque ornière de sa magie!
Et dans les fermes muettes les coqs crient :
Cocorico!
C'est l'heure où le voyageur blotti dans sa voiture
Se réveille et, regardant au dehors, tousse et soupire.

Et les âmes nouvellement nées le long des murs
et des bois,

Poussant comme les petits oiseaux tout nus de
faibles cris,

Refuient, guidées par les météores, vers les
régions de l'obscurité.

— Quelle heure est-il?

TÊTE D'OR

La nuit est finie.

CÉBÈS

Elle est finie! — Et le matin par qui la mer
s'embrase et dont les feux immenses

Colorent les toits et les pylônes, renaît!

Je sens la fraîcheur du vent. Ouvre la fenêtre!

Rimbaud

> *Tête d'Or l'ouvre.*
> *Silence prolongé.*

TÊTE D'OR

M'entends-tu?

> *Pause. Cébès tourne les yeux vers lui et*
> *sourit faiblement.*

Dis, m'entends-tu encore?

— « *Mettez la table sous l'arbre, car nous mange-*
rons dehors. » — Comme le soir est beau!

O Cébès, tout se tait et il n'y a personne qui parle.

Et comme l'odeur de l'armoire au pain, et comme
le souffle du four alors qu'on en ouvre la gueule,

C'est ainsi que, devant nous, s'étend la pléni-
tude des champs.

Voici la nuit. Le pré est épais, et c'est à peine
si au loin on entend

La faux dans l'herbe profonde.

Déjà! les étoiles brillent en désordre.

Et l'oiseau des nuits qui chante par intervalles.

Alors qu'au-dessus de la terre commence l'ascension des cieux étoilés...

> *Il se tait. — Cébès est mort. Tête d'Or reste un moment immobile, puis il rejette le corps en frissonnant.*

— Horreur!

> *Il s'assied.*

Je suis seul. J'ai froid.

Qu'est-ce que cela me fait?

En vérité peu m'importe qu'il soit mort.

Pourquoi nous lamenterions-nous? pourquoi serions-nous émus de quoi que ce soit?

Quel homme de sens se prêterait à cette bouffonnerie?

Cet être qui pouffe et dont les sanglots lui font hocher la tête

Va rugir de joie dans les mêmes plis. C'est ainsi qu'ils braient par leur embouchure. Pantins!

— Il est mort et je suis seul. —

Suis-je de pierre? Il me semble que les feuilles des arbres sont en toile, ou en tôle,

Et que tout l'air est un décor qu'on regarde ou non.

Et ce soleil dont les premiers rayons, comme s'ils touchaient, jadis me faisaient résonner

Comme une pierre lancée contre le bronze, il peut se lever,

Cela m'est aussi égal que de voir un poumon de vache flotter à la porte d'une boucherie!

Oui, et comme un tronc de corail insensible,
Je pourrais voir mes membres tomber.

Pourquoi vivre? Il m'est indifférent de vivre
ou d'être mort. — Cela me fait mal!

Il se lève.

Aujourd'hui!

Aujourd'hui est venu que je dois montrer qui je
suis! il y a moi! il faut!

Seul! eux tous! Je marcherai, je meurtrirai le
mufle même de la bestialité d'un poing armé!

Je parlerai devant cette assemblée de saligauds
et de lâches! ou je mourrai, ou je m'établirai mon
propre empire!

Holà! holà! holà!

Il va s'appuyer la tête contre le mur.

*Grand bruit au dehors. Claquements de
portes. Appels dans les escaliers. Entrent en
masse dans la pièce une centaine de personnes :
Le Tribun du Peuple avec trois ou quatre
femmes près de lui, entouré de gens qui le
touchent et qui lui prennent les mains; à côté,
le Moyen-Homme tenant son pardessus, dans le
groupe le Suprême-Préfet, le Pédagogue et
autres Officiers publics, le Frère du Roi;
parmi eux le Roi, auquel personne ne fait
attention. Représentants du Peuple, comparses.
Entre après tout le monde l'Opposant, qui se
tient à part avec trois ou quatre personnes
mal habillées. Personne ne paraît remarquer
la présence de Tête d'Or, quoique tous se
tiennent à une certaine distance de la place où
il est.*

*La salle se remplit en un moment, et par
la porte ouverte on voit des gens qui remplissent
le vestibule et l'escalier et qui grimpent sur
les banquettes pour voir. Tout le monde parle.
Piétinement.*

LE TRIBUN DU PEUPLE, *parlant et riant aux éclats.*

Eh bien, oui, c'est moi, me voilà! — Bonjour,
mon vieux! — Hé? — Bonjour! — Emballés,
empaquetés! c'est comme ça que nous travaillons!
Oh! oh! oh! — Belle dame? — Bonjour! — Oui,
monsieur! Ne me mangez pas, il y en a pour tout
le monde! Ouf! — Bonjour! — Faites-moi de la
place, je ne suis pas petit!

L'OPPOSANT, *dans un groupe, fiévreusement.*

Cochon!
Va! va! va!, mon bon! Jouis de ton bon moment!
Hum! Nous verrons, nous verrons!

Il se frotte les mains.

Qu'a-t-il fait avec la caisse des fournitures? Et
l'histoire des fusils automatiques? Je l'attaquerai
devant l'Assemblée. Nous verrons!
Regardez-le comme il se fait peloter! Regardez-le
comme il se prélasse au milieu de ces biques!

QUELQU'UN *de son groupe, à demi-voix.*

Vous connaissez son histoire avec la femme du
Suprême-Préfet? Il était installé là-bas avec la
femme du Payeur-Compteur.
Et l'autre femelle est venue les rejoindre. Il y a
eu des scènes.

UN MONSIEUR, *fortement, au Tribun du Peuple.*

Monsieur, vous avez sauvé l'État!

Il lui serre la main.

LE TRIBUN DU PEUPLE

Ne dites pas cela! J'aime mon pays, Monsieur!
(Très haut.) — Je n'ai pas désespéré de mon
pays!

C'est le peuple qui a tout fait.

LE MONSIEUR

Je dis que c'est vous tout de même! Vous avez
organisé!

Ce n'est pas les soldats qui gagnent les batailles.
Vous avez organisé.

TOUTES LES FEMMES, *à la fois.*

C'est vrai!

Hochement de tête.

RUMEUR *dans la foule se propageant
jusque dans les escaliers.*

C'est vrai!

Tapage au dehors.

Qu'est-ce que c'est?

LE MOYEN-HOMME, *avec excitation.*

Toute la ville est sur pieds! Tout le monde crie
après toi! Il faut que tu leur parles du balcon.
(Il lui parle à voix basse.)

*Quelqu'un fait passer au Tribun du Peuple
un journal. Le Moyen-Homme le lit par-dessus
son épaule.*

CLAMEURS, *au dehors.*

Jacquot! Jacquot! Jacquot! Jacquot! Jacquot!
Hourra!

LE TRIBUN DU PEUPLE

Dis que je vais leur parler!

> *Le Moyen-Homme va au balcon. On le
> voit qui se penche et qui agite la main. — Le
> Tribun du Peuple prend le bras du Suprême-
> Préfet et il se promène avec lui à travers la
> salle en causant et en faisant des gestes.*

L'OPPOSANT

Regardez-les! Non!
Son Excellence le Suprême-Préfet! Sérieux
comme un âne couillard!
Vous savez qu'il fait des vers en cachette?

LE TRIBUN DU PEUPLE,
montrant obliquement Tête d'Or du menton.

Hein?

LE SUPRÊME-PRÉFET, *avec autorité.*

N'ayez pas peur.

LE TRIBUN DU PEUPLE

Dites-moi, Albert...

LE SUPRÊME-PRÉFET

N'ayez pas peur. Tout cela est ridicule!
Il a profité de... e...
Dirai-je l'énervement? où nous étions. On n'aime
pas cela, une fois que la crise est passée.

Il a pressuré les gens d'une façon épouvantable!
C'est un fol-hardi,
Un gamin! et il est hautain comme un dieu.
Il ne se laisse pas toucher, et ceux qui s'appro-
chaient de trop près,
Hommes ou femmes, il leur donnait de son bâton
sur la tête.
Le Peuple connaît ses amis.

LE MOYEN-HOMME, *faisant un geste du bras.*

Arrive!

> *Le Tribun du Peuple va au balcon et on
> le voit qui parle dans le petit jour. — Poussée
> d'acclamations de temps en temps. — Brouhaha
> dans la salle. — Des groupes se sont formés
> çà et là, l'un d'eux autour du lit de Cébès.
> — Bruit d'un carreau qu'on brise à l'étage
> supérieur.*
>
> *Le Moyen-Homme parle avec exaltation à
> l'Opposant et à son groupe.*

UN MONSIEUR, *tout seul au milieu de la salle,
regardant le Tribun du Peuple.*

Quel homme! Quelle culotte!

> *Le Tribun du Peuple rentre en souriant
> dans la salle, et, cherchant des yeux le Roi,
> il le trouve et le ramène avec lui au balcon. On
> le voit qui parle et qui lui tape sur l'épaule.*

LE MOYEN-HOMME *se tient
près du Suprême-Préfet,
regardant vivement et furtivement de tous côtés,
et spécialement du côté de Tête d'Or.*

— *Au Suprême-Préfet, à demi-voix.*

Que pensez-vous de lui, hé?

LE SUPRÊME-PRÉFET

Hum! il a l'armée pour lui.

Le Tribun du Peuple rentre dans la salle avec le Roi. — Le silence se fait peu à peu.

QUELQU'UN, *à demi-voix.*

Pourquoi n'y a-t-il pas de lumière? Le petit jour nous fait paraître affreux.

Le silence est devenu complet. Tout le monde tient les yeux fixés sur Tête d'Or. — Pause.

QUELQU'UN, *auprès de Cébès.*

Il est mort.

TÊTE D'OR, *se retournant vers l'assistance.*

Qui est-ce qui dit qu'il est mort?

QUELQU'UN

Il est plus pâle qu'aucun de nous et ses lèvres sont décolorées.

La foule s'est reculée, laissant le Roi en avant en face de Tête d'Or; à son côté, son frère. A droite et en arrière du Roi, le Suprême-Préfet, le Pédagogue et les autres Officiers du Gouvernement; à gauche, le Tribun du Peuple, l'Opposant. Un jeune homme avec le groupe des femmes se tient rapproché de Tête d'Or.

TÊTE D'OR

Est-ce qu'il fait jour?

LE JEUNE HOMME

Jour?

UNE FEMME

Le jour se lève.

TÊTE D'OR

Il se lève!
— Le jour blafard éclaire la boue des chemins,
Et sous les haies les feuilles de choux et les
fleurs
Versent sur la terre jaune leur charge de pluie.
Ceux qui sont morts partent, et ceux qui vivent
Doivent se tenir debout devant le monde et
confesser leur âme chargée.
Je me tiens seul et blessé.

LE ROI

Est-ce que cet enfant est mort?

TÊTE D'OR

Il est mort.

Le Roi penche la tête sur la poitrine.

Oui, cette vue contient plus d'amertume que les
aromates. Oh!
J'étais pour lui comme Athènes pour Argos!
Cependant je supporterai cela aussi, et mon cœur
patient ne sera pas ébranlé :
Car c'est maintenant que je dois me montrer à
tous.

— O âme, adieu! entre avant nous dans la splendeur de Midi!

Pause.

UNE GROSSE FEMME, *d'environ 50 ans,*
qui se tient auprès de Tête d'Or, d'une voix forte.

Parlez, général, qu'avez-vous à dire?

TÊTE D'OR

Qui est-ce qui est ici? Mettez-moi ces femelles à la porte!

Qui est-ce qui m'a lâché ces juments? Partez d'ici! Dehors!

Les femmes s'en vont.

Pour vous, je sais à peine qui vous êtes et quel est tout ce monde qui est ici.

Roi! est-ce ainsi que tu laisses monter sur toi? Mais c'est bien. Je parlerai devant la cohue et ils entendront ce que j'ai à dire.

Il se tait, tenant les yeux baissés.

LE TRIBUN DU PEUPLE

Parlez; qu'avez-vous à dire?

TÊTE D'OR

Vous avez vu ce que j'ai fait.

Je le dirai cependant, afin que vous y puissiez contredire.

Je dis que cet État était comme un bien sans maître, comme une maison que les larrons eux-mêmes ont laissée, enlevant jusqu'aux serrures.

O Roi! ils t'ont laissé seul dans ton palais, et

les vieilles femmes menaient paître leurs chèvres dans ton jardin.

Toutes choses étaient mises en tas, et eux, comme des lâches, ils levaient les mains en l'air.

J'ai paru sur la place publique! J'ai paru dans la région abîmée, chez le peuple flétri ramenant l'énergie de l'espérance.

Et je portais l'ordre dans ma bouche. Et celui qui sommeillait

A entendu la voix du chef et il en a tressailli,

Telle que l'accent de la trompette, telle que la parole qui fait!

C'est ainsi que j'ai rassemblé une armée autour de moi. J'ai conçu et j'ai exécuté.

J'ai terrassé l'ennemi et je lui ai arraché le glaive de son poing. J'ai tué le lion qui se jetait sur vous pour vous dévorer.

Voilà ce que j'ai fait. Y a-t-il quelqu'un qui ait quelque chose à dire?

LE ROI

C'est ce que tu as fait, Tête d'Or.

LE TRIBUN DU PEUPLE

Bien. Vous n'avez pas fait cela tout seul.

TÊTE D'OR

Je dis que je l'ai fait tout seul.

Moi seul, je l'ai fait, moi seul, et non pas un autre, mais moi!

— Que me donnerez-vous donc enfin, que je ne demeure point sans récompense?

Que me donnerez-vous,

Que vous ne teniez de moi?

*Le Suprême-Préfet souffle du nez comme
s'il voulait parler.*

LE PÉDAGOGUE

Vous ne fîtes que votre devoir.

LE TRIBUN DU PEUPLE

Vous n'avez fait que votre devoir envers votre
pays.

TÊTE D'OR

Quel devoir? quel pays?

Qu'avez-vous fait pour moi? J'ai erré sur vos
routes comme un vagabond, couchant sur le sein
de la terre,

Et je sais comment vous accueillez l'homme
au visage sombre,

Quand il ôte son chapeau, découvrant son front
qui peut encore rougir.

J'avais faim et vous ne m'avez pas donné à
manger : j'ai faim!

Et voici que je me présente à votre porte!

LE ROI

Demande donc enfin, que nous sachions ce que
tu veux.

TÊTE D'OR

Regardez-moi bien et tournez autour de moi.

Pesez-moi, mesurez-moi. Prenez-moi le pied
comme à un cheval et examinez-moi les dents.

Et, considérant tout, calculez

Si
La masse achetable de moi-même constitue le profit
Qu'a vanné votre très sage sas.

QUELQU'UN

Qu'est-ce que tout cela veut dire?

UN AUTRE

Il a une voix étrange et qui agit sur le cœur
Comme une corde, et elle donne des notes.

TÊTE D'OR

Hommes qui êtes ici, entendez!
Écoutez-moi, ô vous qui, par les oreilles et le trou percé à travers l'os de la tête, entendez!
Jusqu'ici, ô herbe! vous n'avez entendu que votre propre rumeur.
Écoutez l'ordre, écoutez la parole qui dispose! entends, intelligence!
Je suis la force de la voix et l'énergie de la parole qui fait!

LE TRIBUN DU PEUPLE

Enfin, que demandez-vous?

TÊTE D'OR

Je demande tout.
Je vous demande tout, afin que vous me le donniez,
Afin que cette toute-puissance soit la mienne de tout faire et de tout avoir.
Car qui fixera les limites de l'intelligence et le

lieu où elle est arrêtée, afin qu'elle n'y étende point son bras?

Que rien dans le monde ne m'échappe, prononçant la parole sacrée!

Et comme ce roi brûlant, le cœur,

Siège au milieu des poumons qui l'enveloppent

Recevant tout le sang en lui et le renvoyant par ses portes,

C'est ainsi que la contemplation de mon intelligence fut faite

Pour s'établir sur un siège monarchique, sur le trône de la Mémoire et de la Volonté. Je veux Régner.

> *Rumeur. Exclamations. Bruit de paroles se propageant.*

LE ROI

Tête d'Or...

LE TRIBUN DU PEUPLE

Laissez-moi faire. Je lui répondrai.

> *L'Opposant fait une exclamation. Le Moyen-Homme paraît inquiet et agité et regarde à droite et à gauche.*

LE PÉDAGOGUE, *faisant la moue.*

Ce jeune homme est tout à fait fou!

LE SUPRÊME-PRÉFET

Hum! il a l'armée avec lui.

> *Le Tribun du Peuple les regarde du coin de l'œil.*

LE TRIBUN DU PEUPLE, *à Tête d'Or*.

Si

J'ai bien compris ce que vous venez de dire,
jeune homme, cela va au pouvoir absolu.

TÊTE D'OR

Oui, vous avez bien compris.

Rumeur.

LE TRIBUN DU PEUPLE

Vous avez entendu, ce n'est pas moi qui le
lui fais dire!

Écoutez-moi, jeune homme! votre succès vous
a fait sortir de la mesure.

Doucement!

Vous avez dit vous-même, Monsieur, tout ce
que vous croyez

Avoir fait *(très haut)* pour votre pays,

Non pas pour aucun amour que vous lui por-
tassiez.

Et doublement vous nous ôtiez ainsi

La peine de vous remercier.

Vous avez tout fait

Tout seul! Messieurs, je vous prends à témoins!

Tout seul! La science, déclare, Monsieur,

Que personne ne fait rien seul.

> *Il met son chapeau sur sa tête d'un air
> de défi.*

Et si quelqu'un de ces braves soldats qui ont
gagné cette journée,

> *Il regarde du coin de l'œil.*

Si quelqu'un de ces mille et mille héros
Qui ont sauvé ce pays était ici,
Peut-être dirait-il que vous ne fûtes pas seul, et nous ne savons comment les choses se sont passées au juste.
Et s'il nous convenait, à votre exemple, Monsieur,
De faire montre aussi de ce que nous fîmes, dans la mesure du pouvoir dont le Peuple à cette heure de péril nous honora,
On pourrait voir à qui, par le fait, revient
La meilleure part de la victoire.
Du moins, Messieurs,
(Il lève lentement la main droite.) Je le jure ici! *(il la tient levée)* et je vous demande de le jurer tous avec moi :
A aucun moment nous n'avons désespéré de ce pays.

CRIS

C'est vrai! C'est lui qui a tout fait!

Acclamations.

LE TRIBUN DU PEUPLE

Non!
Non! Messieurs, excusez-moi, non pas ! Un homme n'est qu'un homme. Ne dites pas que j'aie fait tout, moi seul.
Savez-vous celui qui a tout fait? Je vais vous le dire, moi.
C'est le peuple, Messieurs! c'est le Peuple admirable de ce pays qui a tout fait!

Silence.

LE TRIBUN DU PEUPLE, *lentement*
et avec ampleur.

Messieurs! honneur au Peuple de ce pays!

Il se découvre solennellement.
Applaudissements, hourras, clameurs.

QUELQU'UN, *dans la foule.*

Très bien!

UN AUTRE

Pas plus l'un que l'autre!

LE TRIBUN DU PEUPLE

Pour vous, Monsieur, nous reconnaîtrons ce
que vous avez pu faire,
Selon que nous le trouverons bon.
Je ne sais quels desseins vous nourrissez. Mais
si vous voulez toucher à notre liberté,
Vous me trouverez sur votre chemin, Monsieur!

Il se croise les bras et vient se planter en
face de Tête d'Or.

L'OPPOSANT

Tu n'es pas le seul ici, Jacquot!

Il se croise également les bras et vient se
planter à côté de lui, en face de Tête d'Or.
A Tête d'Or :

Ne croyez pas que vous soyez rien de plus
que les autres.

TÊTE D'OR

Qu'est-ce encore?

QUELQU'UN, *dans la foule.*

Je suis l'Envie!

L'OPPOSANT

Ah çà! qui croyez-vous être, Monsieur? Tous les hommes sont égaux!

Il fait un geste horizontal avec la main.

Les uns ne sont pas plus que les autres.

LE TRIBUN DU PEUPLE

Ne croyez pas que le Peuple renonce à ses droits!

TÊTE D'OR

Tuez-moi donc, car je ne renoncerai pas au mien!

L'OPPOSANT

Il ne cédera pas ses libertés!

TÊTE D'OR

Et moi, je veux être libre aussi!

LE TRIBUN DU PEUPLE

N'es-tu pas libre, forcené?

TÊTE D'OR

En cela que quelque chose ne m'est pas soumise, je ne suis pas libre.

Rumeur.

Je vous le dis, tuez-moi pendant qu'il est encore temps! Vous êtes toute une ville ici, et je suis seul. Tuez-moi donc!

Car si vous ne me tuez pas, je mettrai la main
sur vous avec puissance.

LE TRIBUN DU PEUPLE

Tête d'Or...

TÊTE D'OR

Laisse-moi parler à mon tour!
Écoute, bruit! écoute, néant!
Et vous aussi, écoutez-moi, troupeaux qui êtes
épars dans vos parcs et dans vos pâturages, et
vous,
Chiens qui croyez être le berger!

> *Il secoue la tête violemment. Son casque*
> *tombe et ses longs cheveux blonds se répandent*
> *sur ses épaules. Il devient fort rouge. Tous*
> *se taisent et le regardent, bouche béante.*

QUELQU'UN

Regardez cette femme!

TÊTE D'OR

Qui dit que je suis une femme?
Certes, je suis une vierge farouche et sur qui
on ne mettra pas la main aisément!
En effet je suis une femme, regardez quelle
femme je suis! et je porte un désir en moi,
Tel que la séduction du feu
Invincible. Et je vous le dis, il n'est pas un de
vous ici, si vil qu'il soit, que je ne veuille
Saisir, que je ne désire
Emprendre comme le feu
Qui ne choisit pas les aliments dont il brûle!

Que mon jour ne me soit pas disputé!
Le Phénix
Trouve son nid au four flamboyant de la lumière;
L'alouette éperdue monte au ciel!
Oui, et les campagnes infinies de l'air rayonnant
S'emplissent du cri de ce furieux peloton de
plumes!
Et c'est ainsi que je m'élève, non pas comme
le petit oiseau,
Mais comme le Sphinx aux cris éclatants, le
cheval volant aux serres d'aigle, porte-mamelles!
— Je ne vivrai pas pour vous, mais il faut que
vous viviez pour moi.
Et c'est pourquoi je me tiens tout seul devant
vous comme une vierge.

> *Pause.*
> *Le Tribun du Peuple, l'Opposant et les
> autres se retirent un peu en arrière, laissant
> davantage en avant le groupe du Roi et de ses
> officiers.*

LE PÉDAGOGUE

Mais qu'est-ce que tout cela veut dire!

LE SUPRÊME-PRÉFET

Sire! ne direz-vous rien? Pourquoi restez-vous
immobile et muet, comme un homme qui n'entend
pas et que la chose ne concerne point?

LE ROI

Dites ce que vous avez à dire et le Roi parlera
le dernier.

LE SUPRÊME-PRÉFET

Demandeur, tu fais une demande exorbitante.

Car, qui demande, il faut qu'il donne en échange quelque chose,

Et toi tu ne nous offres rien, mais tu te tiens devant nous, les cheveux épars,

Et tu dis que tu veux être le Maître et celui qui parle tout seul, et que tu t'assoiras

Souverainement à la place constituée,

Et non pas pour administrer

Toutes choses pour tous avec économie,

Mais comme un homme à sa table à qui ses fermiers apportent leur argent

Afin qu'il le dépense dans un autre lieu.

TÊTE D'OR

Je vous ai tous sauvés! comme un homme qui en prend un autre dans ses bras.

LE SUPRÊME-PRÉFET

Toute société, Tête d'Or,

Existe pour un avantage commun.

Et chacun y a sa place, afin qu'il y serve aux autres.

Et le Souverain, s'il en est besoin d'un, est celui qui sert à tous,

Avec ses officiers dans leur attribution.

TÊTE D'OR

Et quel est le bien qu'ils cherchent en vivant ensemble?

LE PÉDAGOGUE

Et toi, quel bien as-tu à nous promettre, séduc-
teur?

Mais ils cherchent la paix et à vivre en paix des
fruits de leur travail.

TÊTE D'OR

Tu n'as pas bien répondu, Maître d'école!

Tu te crois bien sage et tu n'es qu'un ignorant.

Mais l'homme est comme le feu insatiable qui
dévorera le monde au dernier jour,

Et qui dort maintenant sous la cendre et dont on
se sert pour cuire les aliments.

Mais voici que je parais devant eux comme une
flamme grondante,

Qui se dresse sous la bouche du vent!

LE PÉDAGOGUE

Il n'est point d'autre bien que celui que j'ai dit,

Et c'est pourquoi les hommes font société, afin
que chacun puisse servir aux autres.

TÊTE D'OR

Servir?

Et moi, à quoi suis-je fait pour servir? Quel
outil suis-je?

Je ne suis pas la bêche, ni le sac, ni la balance.
Mais je suis le feu et l'épée!

Je n'ai point de place parmi vous, mais voici que
je m'en ferai une,

Et voici que je me présente devant vous

Comme l'Ours qui met sa patte dans la ruche et
qui enlève le miel avec les rayons de miel.

Je ferai battre le tambour et on l'entendra aux quatre coins du monde, et je réunirai tout ce qu'il y a de mâle autour de moi.

Femme, ton fils n'est plus ton fils! Je prendrai le paysan à sa charrue, j'enlèverai l'homme à son métier, et je ne le laisserai pas dans le lit de la mariée, et je séparerai la chair de la chair!

Et je l'emmènerai avec moi dans le vent, dans la guerre!

C'est pourquoi, Roi,

Ombre, signe, disparais, chose qui es et qui n'es pas!

Fais-moi place à ce trône tel quel, et je monterai dessus comme quelqu'un qui monte sur une table pour parler aux autres, et je le foulerai sous mes pieds.

LE ROI

Mon fils, écoute ce que le Roi a à dire.

TÊTE D'OR

Qu'as-tu à dire, vieil homme?

LE ROI

O jeune homme, le vieillard est l'homme du temps présent.

Respecte ce qui est à moi. Respecte la possession du Père de famille.

Ce royaume a été fait par mes pères et je règne sur lui selon l'ordre d'hoirie.

Et je suis un homme qui marche au travers de ses biens, disant : « Ces arbres ont été plantés par mon père.

« Cette grande pièce de terre-là

« Était à son cousin, et il est mort sans enfants, et il l'a eue après un long procès :

« Le haut est bon, mais rien ne vient par en bas.

« Et cette ferme était dans la dot de ma grand'-mère; on se rappelle la noce encore. »

C'est ainsi que mes pères siégeaient sur leur fauteuil de bois avec prud'homie, et leurs gens s'approchaient de leur oreille et ils jugeaient leurs différends.

Et le peuple les révérait, jaçoit qu'ils fussent souvent colères et injustes, et gourmands, et qu'ils aimassent trop les femmes.

Et moi on m'a trouvé trop vieux, et on m'a mis à l'écart comme un vieux homme qui reste où on l'a fait asseoir.

Mais le bruit de la Grand'Porte est encore cher à mon cœur,

Quand elle s'ouvre par le milieu, quand rentrent les chars chargés de la moisson que les chevaux font entrer avec un grand effort.

Ne prends point ce qui est à moi; ne dépouille point ma fille. Car où sera la bénédiction qu'il y aura entre les hommes,

Si tu foules aux pieds la loi sacrée de l'héritage?

TÊTE D'OR

Père de famille, je ne te respecterai pas.

Car je suis comme le fils de famille qu'on a jeté dehors et dont l'intendant a pris la place et le fils de la servante.

Avare vieux homme qui veut garder ce dont il ne peut faire usage!

O Roi tardif et tel que le Roi de l'Échiquier

Qu'enferme la Tour, et que surveillent les Pions, et qu'insulte le Fou diagonal!

Tu es l'homme du temps présent, mais voici qu'il est déjà passé.

Ton droit, je ne sais ce que c'est. Mais pour moi, rejeté de tous, j'ai juré dans mon malheur et dans ma solitude,

Par l'air, par la terre,

Que je m'élèverais au-dessus de la volonté des autres.

Et pour ce qui est de mon droit, écoutez tous! Cette victoire, je ne l'ai point gagnée, mais comme un mendiant et un inconnu,

J'entre ici et je réclame le Livre et la Couronne!

Retire-toi de devant moi, Vieillard!

LE ROI

Je ne te laisserai point passer.

TÊTE D'OR

Retire-toi de devant moi, Vieillard! Car ton temps est fini et la nuit est passée, après laquelle un autre jour commence.

Retire-toi, car il n'y a pas deux rois dans la ruche, mais il faut que l'un d'eux disparaisse.

LE ROI

Je ne te laisserai point passer.

TÊTE D'OR

Ne veux-tu point te retirer?

Le Roi secoue la tête.

Meurs donc!

Il tire son épée et le tue.

Frémissement et confusion dans la foule se propageant et s'accroissant jusque dans le fond et à l'étage inférieur. Puis une espèce de silence.

Grand bruit, rumeur commençant sous la scène et se propageant jusque dans le fond de la salle. Les assistants des premiers rangs sont extrêmement pâles et se tiennent comme fascinés, regardant le sang qui se répand largement sur le parquet, avec une expression d'horreur et de curiosité. Tête d'Or rit.

QUELQU'UN, *au fond de la salle.*

A mort!

CINQ OU SIX VOIX, *dans le fond.*

Tuez-le! saisissez-le!

Mouvement en avant.

TÊTE D'OR

Arrière!

Qui de vous osera me braver et me regarder face à face, misérables?

Voici votre Roi!

Et pour ce contrat, s'il y en a quelqu'un que mettant la main dessus vous ayez fait signer à cette ombre antique,

Je le déchire et je vous en jette les morceaux au nez, comme je vous jette

Ceci!

Il arrache violemment son épée et la jette au milieu d'eux.

Écoutez-moi, ô vous qui êtes ici!

Murmure dans la salle. Rumeur profonde sous la scène.

Écoutez-moi, ô vous qui êtes sous mes pieds!

Il frappe violemment du pied par terre.

Il promène les yeux d'un air sauvage autour de la salle, puis, les reportant sur le Roi qui est étendu à ses pieds, il rit, et, portant la main à sa figure, il se la barbouille de sang.

O Roi!

Tu me demandais quel était mon droit; dénieras-tu le droit du sang?

Voici que j'en produis le titre sur ma face comme une lumière ! Tu m'as arrosé de ton sang et j'en suis couvert comme un sacrificateur.

Et je me réjouis dans cette pourpre.

Il s'approche du trône et le jette par terre d'un coup de pied.

C'est ainsi que je te renverse, trône d'un jour!

Car je ne m'assoirai pas, mais je me tiendrai debout.

CRIS, *dans la foule.*

Tuez-le! saisissez-le!

TÊTE D'OR

Voici le moment qui est venu entre vous et moi,
Où il faut que vous me tuiez ou que je m'établisse sur vous.

Voyez-moi, je suis seul et désarmé!

Pause.

Ne dites-vous rien maintenant? Je vous le dis, vous ne pouvez rien, et en voici la raison :

Parce que vous êtes des lâches, et la flétrissure d'une triple dégradation est sur vous.

Et la première est l'ignorance par laquelle vous ne pouvez pas répondre oui ou non; mais vous restez bouche béante et comme des hommes égarés.

Et la seconde est la femme, sur qui pèse la malédiction; et elle est faite pour rester à la maison et pour se soumettre sous la main forte et sage; mais de la femme vous avez fait votre maîtresse.

Et la troisième est l'esprit de parole et de langue.

Mais je lâcherai sur vous une autre langue,

Insatiable, irrésistible.

J'établirai le glaive sur vous,

Le glaive qui perce et qui sépare, le glaive qui pénètre et qui poursuit!

O imbécillité! ô inertie! charge énorme des hommes ignorants! Voici que je me suis levé.

Vous étiez couchés sur moi comme une nourrice qui s'est étendue sur le corps de l'enfant; mais je me suis levé et je l'ai jetée par terre.

Et le monde m'écrase, mais je prévaudrai contre lui.

> *Il marche d'un air terrible au travers de la salle, puis s'arrêtant il se tourne vers eux.*

Au nom de la mer!

Par la tragique naissance de cette journée,

Par l'orage

Dont les montagnes et les pyramides au-dessus des faubourgs désolés

Arment le Sud, faisant injure au ciel sanglant!

Par le ressentiment du tonnerre et le poumon sulfureux de la foudre rose!

Par l'attelage des vents qui traînent leur roule sur la masse bondissante des mugissantes forêts! Par l'hiver,

Du vent qui courbe les arbres, chasse les mondes de nuages, crible de sable les fanes brûlées des pommes de terre, et de la neige aveuglante;

Et de la pluie haute, infinie, qui fusille les routes et les buissons, et les meules, et les labours!

Par la tranquillité de l'air obscur, par les apparitions armées dans la nuit des sapins!

Par la violence de l'incendie et de l'inondation irrésistible!

Par le tourbillon! par le silence!

Et par toutes les choses terribles!

A la fin, vous qui êtes là, ne reconnaîtrez-vous pas qui je suis?

Silence, puis

VOIX *lamentable dans la foule.*

Tête d'Or! Tête d'Or!

QUELQU'UN, *les yeux fixés sur le sang.*

Je n'avais jamais vu de sang humain répandu.

TÊTE D'OR

Je ne suis pas venu comme l'humble dieu de la soupe,

Bienveillant, clignant des yeux dans la vapeur de la viande et du chou.

— Pousse un cri âpre, mon âme, élance-toi en avant! Je vous propose de vous laver de votre honte et de vous lever de votre bassesse.

Vous êtes ici à l'étroit et je vous propose de sortir,

Et de vous avancer sur le monde, vous étant rangés par lignes et par colonnes,

Afin de connaître le monde universel et de vous y réunir effectivement

Par la force et par la possession.

> *Rumeur dans la foule. Quatre groupes se forment. Dans le premier, le Tribun du Peuple et ses adhérents. Dans le second, l'Opposant. Dans le troisième, les Officiers de l'État. Dans le quatrième, le Frère du Roi.*

LE TRIBUN DU PEUPLE, *criant.*

Jamais! Je ne laisserai pas s'établir le tyran!

LE MOYEN-HOMME

Il nous a dans sa main. L'armée va être ici dans une heure.

LE TRIBUN DU PEUPLE

Je montrerai la fille du Roi au Peuple!

> *Bruit de cloches par l'air. Canon au loin.*

LE MOYEN-HOMME

Entendez-vous?

> *Il va au Second Groupe. A l'Opposant, montrant le Tribun du Peuple :*

Il va prendre la fille du Roi et la montrer au peuple.

L'OPPOSANT

Est-ce qu'il veut se faire dictateur? Je m'y opposerai. J'aime mieux l'autre.

LE MOYEN-HOMME, *au Frère du Roi.*

Il dit qu'il veut faire couronner la fille du Roi.

LE FRÈRE DU ROI

Elle?
C'est à moi que revient la couronne. Que veut faire Tête d'Or de ce petit royaume-ci?

LE MOYEN-HOMME
dans le groupe des officiers.

Eh bien? quoi? que dites-vous? la fille ou le frère?

LE SUPRÊME-PRÉFET

Le Frère? Jamais. C'est un homme perfide et chimérique. Et il serait toujours sur vous, regardant ce qu'on fait. J'aime mieux le chef qui est au loin.
Et pas de femmes!

QUELQU'UN, *à demi-voix.*

La sienne hait la Princesse.

TÊTE D'OR

Tribun du Peuple, mon épée est près de toi. Ramasse et rapporte-la-moi.

Le Tribun du Peuple lui rapporte l'épée.
Prends!

Il lui tend l'épée dans son fourreau.

Tu es le maître, fais ce que tu veux. Te voici
comme un homme devant une miche de pain
avec son couteau.

*Le Tribun du Peuple secoue la tête et lui
rend l'épée.*

Je t'ai dit : fais ce que tu veux. Ne peux-tu
tenir cela toi-même?

LE TRIBUN DU PEUPLE

Je, je suis la, la,
La clameur de la foule qui crie.

TÊTE D'OR

Qui veut mon épée?

*Il tient l'épée dans ses mains. Personne
ne répond.*

Je te tirerai donc, moi, ô épée méprisée et dont
personne ne veut! O comme tu reposes dans ton
fourreau!
Épée! épée!
Gage, espérance réelle, toi qui
As vaincu une fois déjà,
Je te lèverai comme un flambeau, signe de la
victoire immortelle, que je tiens!
O peuple dont la langue trébuche et balbutie,
voici entre mes mains une question puissante!
L'ignorance terrible est sur nous, mais le men-
songe est là où celui qui ne sait pas dit qu'il sait.

L'homme vit dans le mensonge et il accumule autour de lui les livres comme de la paille.

Mais voici que je dévorerai tout! Je te tiens levée, épée!

Je me tiendrai debout au milieu des animaux et je ne m'assoirai pas.

Et voici que la colère monte en moi!

Il lance au loin le fourreau.

Je te défie, contrée aride! Toi qui me refuses toute joie, j'établirai sur toi mon domaine!

Brille nue, lame! jusqu'à ce que cette entreprise soit finie!

Et si quelqu'un est las de cette vie de tailleur, qu'il me suive! S'il en est

Qu'indigne cette vile et monotone après-midi, qu'occupe la digestion, qu'il vienne à moi!

Si vous songez que vous êtes des hommes et que vous v-

— Vous voyez empêtrés de ces vêtements d'esclaves, oh! cri-

-Ez de rage et ne le supportez pas plus longtemps! Venez! sortons!

Et je marcherai devant vous, tenant l'épée à mon poing, et déjà il y a du sang sur la lame.

QUELQU'UN

Tête d'Or, que pouvons-nous?

TÊTE D'OR

Et moi je dis : Qui osera oser?

Et frappant du pied la terre crier : *Je peux!* dans le silence du Néant?

LE MÊME

L'oseras-tu, toi?

Silence.

TÊTE D'OR

Le temps qui meut et dispose tout
Se retire de nous comme la mer,
Et voici que sur la terre solide se tient debout
Pour la première fois un Roi.

Il ramasse la couronne par terre.

Évanouissez-vous comme des formes de fumée,
rêves, prestige, passé, et vous
Qui me regardez, osez
Contempler avec des yeux nouveaux un temps
nouveau!
Au nom de toutes les choses, et non pas
Des apparences que le rêve de l'usage promène,
Mais de toutes les choses telles qu'elles sont,
et au nom même de la vérité et de la cause,
Je pose cette couronne sur ma tête.

Il met la couronne sur sa tête.

Allons! voici que pour la première fois le Roi
des hommes lève une tête ceinte d'or!
Oui, et l'éternité peut prendre une voix et se
lamenter, elle n'ébranlera point mon cœur royal.
Car que peut le chaos même de la nuit de la
création
Contre celui dont l'âme, dans la perfection des
ténèbres, dans l'horreur même du silence, reste
fixe,
Et qui ne craint point la douleur et la mort?

RUMEUR, *dans la foule*.

Il a mis la couronne sur sa tête.

Silence.

TÊTE D'OR, *criant*.

Fouillez mon cœur! et si vous y trouvez
Rien autre qu'un désir immortel, jetez-le au
fumier et qu'une poule l'emporte au bec!
Je ne viens pas ici avec une pensée vile.

CASSIUS, *s'avançant violemment*.

Personne de vous ne parlera-t-il? Qui ose dire :
que ferons-nous?
Et parler de ceci encore : lui-même? Garderez-
vous le silence?
Pour moi, j'irai vers toi, ô Roi! te voici de
nouveau, ô Roi, comme une rose conservée dans
le miel! Salut!
J'ai entendu ce que tu as dit et j'ai compris,
et aussi,
J'ai combattu avec toi quand tu gagnas la
victoire,
Et ce fut moi, malheureux, le cœur empli d'une
joie intolérable, qui apportai,
Comme quelqu'un qui court apportant dans
sa bouche une gorgée d'eau à un homme altéré,
la nouvelle
Ici!
Maintenant que mon visage guerrier a été
frappé de cet air
Et que mes yeux un instant ont été éblouis par
ce miracle des soleils,

Je combattrai, je marcherai là d'où il souffle
et éclaire.

Et maintenant je vois une autre chose : ô Roi!

Toi qui, comme une mendiante devant un
prince,

N'as point craint de déchirer ton voile devant
ce pays ténébreux et de te montrer!

Et je m'agenouille devant toi! Souviens-toi de
moi qui suis le premier.

SOUPIR, *puis* CRI, *dans l'assistance.*

Nous nous agenouillons devant toi, ô Roi!

*Ils s'agenouillent, à l'exception des Prin-
cipaux.*

TÊTE D'OR

Relevez-vous! relevez-vous!

VOIX

Nous nous agenouillons vers toi.

TÊTE D'OR

Relevez-vous! ne diminuez pas devant moi.

Ils se relèvent.

VOIX

Nous nous relèverons donc, et voici que nous
sommes maintenant à ta hauteur. Salut, ô Roi!

TÊTE D'OR

Moi, roi! Ah!

Que dites-vous?

Qui suis-je? qu'ai-je dit? qu'ai-je fait?

VOIX

Ne t'es-tu point dressé devant nous et n'as-tu point...

TÊTE D'OR

Hélas!
Qui suis-je?
Hélas! moi-même je suis faible!

VOIX

... Dit
Que tu ferais reculer toute force devant ta face?

TÊTE D'OR

Je ne suis qu'un mendiant! je ne peux pas! allons!
Si quelqu'un sait hors d'ici quelque autre voie qui mène,
Qu'il le dise et je vivrai dans l'herbe comme un bœuf.

VOIX

Nous ne savons point.

TÊTE D'OR

« *Je veux. Je sais. Il faut.* » Cette parole
Est sûre. Le sol
Ne fût-il qu'une vase mouvante, je ne me trompe point.

VOIX

Hésites-tu, maintenant?

TÊTE D'OR, *il secoue et déploie ses cheveux.*

Par ces cheveux

Splendides, imprégnés par l'Aurore, toison trem-
pée du sang de la Mère, indice de la condition
ingénue,

Voile d'or que je soulève avec les mains!

J'oserai! je tendrai le pas là où nulle feuille ni
source qui tinte

Ne murmure plus de conseil ordinaire.

Oh!

N'est-ce pas sûr et visible, ça?

J'irai et je ne craindrai point, comme un arbre
qui brûle! et je descendrai boire comme le soleil.

Voici que je me tiens au milieu de vous comme
un candélabre.

— Cassius, rattache mes cheveux par derrière
et lie-les comme la queue d'un cheval.

> *Pendant que Cassius lui rattache les che-
> veux :*

LE FRÈRE DU ROI, *s'avançant.*

O Tête d'Or, tu as tué mon frère!

Et tu lui as pris sa couronne, dépouillant sa
fille et moi-même, et à la place du droit ancien
tu mets un droit nouveau.

Mais tu as mis la couronne sur ta tête. Et c'est
à elle que je suis attaché, et je suis comme le
témoin de ce nouveau mariage.

Mon frère n'est plus mon frère, et sa fille n'est
plus ma nièce, et je t'aiderai contre elle s'il le
faut, et contre tes ennemis.

Je te salue, ô Roi!

Il lui prend sa main sanglante.

TÊTE D'OR

Merci, Monsieur!

LES OFFICIERS DE L'ÉTAT, *s'avançant
suivant leur rang et lui prenant la main.*

Nous te saluons, ô Roi!

TÊTE D'OR

Faites votre devoir, vous qui êtes comme la
connaissance du Roi et comme sa mémoire.

LE TRIBUN DU PEUPLE, *de sa place.*

Je vous salue aussi.

Tête d'Or ne répond rien.

LE TRIBUN, *s'approchant
et lui soulevant la main.*

Je te salue, ô Roi!

TÊTE D'OR

Salut aussi, voix des rues, clameur des halles!
fais ton devoir et crie! Crie et j'essaierai de
comprendre.

L'OPPOSANT, *faisant de même précipitamment.*

Je te salue, ô Roi, ne te fie pas en celui-ci ni
dans les autres...
Je veillerai sur tes ennemis et j'aurai un œil
sur tous.

TÊTE D'OR

Merci, chien du jardinier! sois actif et vigilant
et je te donnerai ta part.

Tous ont piétiné dans le sang du Roi, toute la scène est couverte de marques de pas et l'on voit des empreintes de mains sanglantes sur les murs.

Silence.

Cassius, qui était derrière Tête d'Or, se met maintenant devant lui et s'agenouille de nouveau. Celui-ci abaisse lentement les yeux sur lui et ils se regardent d'un air farouche.

CASSIUS

O Espérance d'or! très chère violence arrivée à la fin de notre journée lugubre!

Comme le soleil fait paraître plus douce sa position,

Quand il inonde les vieux toits après des siècles de suie!

Laisse-moi te toucher! O notre très splendide Automne, guide-nous!

Il se relève.

Et maintenant je me relève,

Et je crie : En avant! levez-vous tous, traînez les chariots et les canons!

Et sortons de cet ennuyeux ravin! que le vent de l'air immense et le soleil rouge frappent nos visages!

L'espace est libre! la terre est plate comme un champ de betteraves en octobre!

Le monde verra! et il sera frappé d'égarement,

Et, comme un juge prévaricateur,

Proclamant contre lui-même la sentence, trébuchera de son tribunal pourri,

Quand nos trompettes par les champs rendront une telle clameur

Que l'effort du cuivre et du bronze désormais
Ne paraîtra plus sonore!

TÊTE D'OR

Au centre de la Grande Terre il y a un champ,
Et celui qui, des éperons jusqu'au cimier,
S'enguirlandera de ses bluets et de ses fume-
terres,
Par les plaines et par le théâtre des monts,
Par les eaux, par les larges fleuves et les
remuantes forêts,
Sera appelé Roi, Père,
Tige de Justice, Siège de Prudence!
— J'engage mon pas où ne se tait point le
tambour, où ne se retourne point le baudrier,
Dans une voie bordée de feu, pleine de violence
et de cris terribles!
Je ne craindrai point! Je me lèverai comme la
famine et le cyclone!
La Haine et la Colère,
Et la Vengeance, et l'Image frénétique de la
Douleur,
Marchent devant moi, et l'Espérance montre sa
face solennelle!
Allons! Le temps commande et la route ne per-
met plus de désobéir.
Je marcherai! je combattrai! j'écraserai l'obs-
tacle sous mes pieds! je briserai la résistance frivole
comme un bois mort!

Entre la Princesse, voilée de noir.
Quelle forme de femme se dresse ici devant moi?
Lève ton voile!

LA PRINCESSE

O Père! est-ce que vous êtes ici?

TÊTE D'OR

Il est ici.

LA PRINCESSE

Victorieux Tête d'Or! Mon père m'a dit que je
vienne ici afin de vous saluer.

Et si vous demandez pourquoi ce voile de deuil
qui m'empêche de vous voir,

C'est afin de vous honorer, comme la patrie

Qui vient au-devant de vous, et vous le lui avez
ôté de son visage.

Et j'ai appris que Cébès n'était plus.

Je vous salue, tête victorieuse!

> *Elle ôte son voile et regarde.*
>
> *Tête d'Or est debout, l'épée au poing et la
> couronne en tête, les pieds sur la large robe
> du Roi. A sa droite, le Frère du Roi et les
> Magistrats de la République. A sa gauche,
> les Représentants du Peuple. L'assistance fait
> la haie des deux côtés, laissant un chemin
> libre jusqu'à la porte.*
>
> *La Princesse écarte lentement les bras et,
> s'agenouillant, elle baise la terre où elle reste
> prosternée.*
>
> *Deux femmes la relèvent en la prenant
> sous les bras et elle se tient debout devant
> Tête d'Or, la tête penchée sur la poitrine.*
>
> *Silence.*

LE PÉDAGOGUE, *pleurant, à Tête d'Or.*

Regarde-la, ô Roi! et aie pitié! C'est moi qui l'ai
élevée et quand elle était enfant je la tenais sur
mes genoux,

Alors que dans le livre colorié je lui montrais
les images de la création.

Et au jour de sa fête, comme c'est l'usage ici,

Alors que les femmes venaient, afin qu'elle guérît
les petits enfants qui ont des convulsions,

A midi, quand, dans sa simarre de soie fleurie,
elle apparaissait sur le plus haut degré,

Dans la gloire de sa jeune beauté, telle que le
tournesol qui vers le soleil tourne sa face rayonnante,

Tout le peuple était comme un homme sur qui
s'étend la main de l'ombre,

Tant par l'air comme un vent doux et gracieux
Se répandait le parfum de la vieille vigne royale!

Et maintenant, enfant, te voilà devant nous
comme une fleur cassée, comme le tournesol
défleuri qui vers la terre tourne son visage pesant.

Regarde-la, ô Roi! la voici sous ta main comme
une brebis vendue.

Silence.

LA PRINCESSE

Ne me tuerez-vous pas aussi?

> *Elle relève lentement la tête et regarde autour
> d'elle.*

Je vous connais tous par votre nom, j'ai grandi
parmi vous, et voici que vous m'avez trahie.

Je n'ai point d'amis et ils tournent contre moi
une face hostile.

O toi, en qui mon père se confiait comme en son fils, et il lui passait le bras autour du cou! Et toi! Et toi! O maître qui m'as élevée, toi aussi tu es parmi mes ennemis!

— Et toi, frère de mon père, tu te tiens à la droite de son meurtrier!

LE FRÈRE DU ROI

Je ne te connais point, jeune fille! mais je suis celui qui est à la droite du Prince.

LA PRINCESSE

O père! O père!

O Roi de ce pays, auguste comme l'ascension de la main quand elle commence le signe de la Croix!

C'est ainsi qu'ils n'ont plus voulu de toi et qu'ils t'ont jeté par terre!

Ils t'ont jeté comme une chose vile, comme un os qu'on lance aux chiens!

Et ils emportent ton sang à la semelle de leurs souliers, et les parois de la caverne

En sont marquées, tels que les murs d'un échaudoir!

Elle déchire son manteau en deux.

Trahison! trahison!

Soleil, regarde cet acte impie!

Écoutez-moi, ô vous qui êtes assemblés ici autour de cette mare de sang et la pensée de vos cœurs pernicieux est révélée!

Vous ne voulez plus de moi,

Afin que je sois votre reine, et moi aussi je vous renie et je ne veux pas de vous.

Je sortirai du milieu de vous, ô cœurs iniques et
frauduleux!

Je vous arrache, parures!

> *Elle arrache ses parures et les jette à terre.*

Tout, tout! reprenez tout! je vous dépouille,
vanités, et je sortirai d'ici toute nue!

Et maintenant laissez-moi sortir, si je le puis,

Car je ne puis supporter le regard de ce basilic!

TÊTE D'OR

Penses-tu m'étonner, jeune fille? penses-tu que
j'aie peur de toi?

Regarde cette main! regarde-moi, jeune fille,
c'est moi qui ai tué ton père!

Je l'ai sacrifié,

Et son sang a bondi sur moi, et il est tombé à
mes pieds, se tordant dans les convulsions de la
mort.

Car j'ai sauvé ce pays avec mon épée, et,
revenant sur le maître incapable,

Je l'ai mis à mort comme il était juste, et la
punition n'est pas au-delà de sa faute.

LA PRINCESSE

Père! père!

TÊTE D'OR

Crie! appelle-le!

« Père! père! » Regarde : sans doute qu'il entend.
Plus haut!

Qu'est-ce qu'un homme mort et qui est-ce qui
est là pour se souvenir de nous?

Et toi, où étais-tu avant que tu fusses née, œuvre
du ventre?

Ainsi, ayant vécu, nous rendons dans le même
néant sans nom

Notre âme humaine gonflée d'amour et de malédiction!

C'est pourquoi je me ferai ma part ici et je
m'élèverai comme un arbre très haut.

LA PRINCESSE

Le sang de mon père est sur toi; il est descendu
sur toi comme la pluie,

Et le tien jaillira comme une source.

TÊTE D'OR

Joyeusement! joyeusement j'en accepte l'augure! qu'il en soit ainsi! qu'il en soit ainsi! je
désire ce jour-là!

Que j'aille dehors et que je submerge le monde!
Que la veine de mon cœur soit percée! Que mon
sang bondisse comme un lion, qu'il jaillisse comme
une eau souterraine sous le fer de la sonde!

— Et maintenant,

Or çà, va-t'en d'ici! car il n'y a point de place ici
pour toi.

LA PRINCESSE

Laissez-moi emporter mon père avec moi.

TÊTE D'OR

Prends-le! emporte l'homme déchu.

LA PRINCESSE, *s'agenouillant devant le cadavre.*

Sire !

O mort sacré, laissez-vous toucher par moi et ne

vous en indignez pas, car ce sont les mains de
votre fille.

Et comme vous me portiez çà et là dans vos bras
quand j'étais grande déjà,

C'est ainsi que je vous emporterai d'ici avec moi,
ô mon seul bien, ô ma race morte et déchue!

*Elle charge péniblement le corps sur ses
épaules et s'en va, le portant ainsi sur son dos.*

TÊTE D'OR

Que tous les cœurs se gorgent d'angoisse! je
ne serai point ému; le mien s'en est rempli jusqu'au bord!

Je l'ai tué sans le voir, comme un gibier qu'on
chasse en rêve,

Ou comme le voyageur qui se hâte arrache l'im-
portune fougère.

— J'ai dit ce que je devais dire, et bientôt

Je vous annoncerai ce que nous entreprendrons.
Mon temps commence!

Et ma gloire va s'élever sur le monde comme
l'arc-en-ciel,

Annonçant à ceux qui le verront une nouvelle
journée.

Je te respire donc! je t'adore, parfum chéri de
la victoire!

Rose, donne ton odeur! soleil, cache ta face dans
ton duvet divin!

Et ensevelissez cet enfant.

Car il ne convient point que je souille par le
commerce des morts la Majesté de l'Empire.

Cet enfant mort! ma gloire future!

Il sort avec un brusque sanglot.

Pause.

Entre le groupe des Pleureuses qui se range autour du corps de Cébès.

Tam-tam. Elles chargent le corps sur leurs épaules et sortent solennellement.

Rumeur croissante au dehors. Bruit confus de cloches et de voix. Canon à intervalles réguliers. Tous sortent, sauf Cassius.

On entend une musique militaire qui approche au milieu d'une clameur énorme. Tout à coup elle s'interrompt et on entend de grands cris qui se rapprochent et le bruit d'une foule en armes qui court.

On entre dans le Palais. Clameur effroyable. Les soldats, dont quelques-uns portent des drapeaux, envahissent la salle. D'autres entrent par les fenêtres. Bruit de sabres dans les escaliers. Décharges d'armes à feu. Scène de confusion pendant laquelle on n'entend que le cri : Tête d'Or!

CASSIUS, *à un Officier.*

Qu'y a-t-il?

L'OFFICIER

On dit qu'il a été assassiné.

Cassius monte debout sur le trône et tire son épée. Il essaye vainement à plusieurs reprises de se faire entendre. A la fin une espèce de silence se fait.

CASSIUS, *criant de toutes ses forces.*

Il n'est point mort, mais il s'est fait roi sur nous!

CLAMEURS

Tête d'Or!

Les soldats se mettent en rang autour des drapeaux et défilent autour de la salle.

Décharge d'artillerie dans la cour. La salle se remplit de fumée, à travers laquelle entre largement le soleil.

TROISIÈME PARTIE

entre Europe et Asia

Le Caucase. Une terrasse naturelle dans un lieu élevé, se découvrant sur le Nord et le Levant et entourée d'arbres colossaux. Une formidable tranchée verticale est ouverte vers l'Ouest à travers la montagne, comme une rue.

La nuit. Toute la hauteur de la scène est occupée par la constellation de la Grande Ourse, qu'on distingue au travers de la brume. D'au-dessous, à une grande profondeur, des bruits de roues et de harnais, comme de troupes qui passent.

Grande Ourse
   Big Dipper
   -North

La Princesse, revêtue de feuilles et de peaux de bêtes, est étendue par terre.

J'ai froid! j'ai faim!

Est-ce que cette nuit affreuse ne va pas finir? Et cependant déjà je vois les astres du matin et Mars rose et doré brille au-dessus de ma tête.

O constellations qui vous penchez sur les hommes! O cité du ciel nocturne, ayez pitié de moi!

Silence. Rumeur des arbres.

J'écoute! Qu'est-ce que disent les arbres qui savent tout?

Et ils argumentent sans fin, tels que des hommes attachés par la jambe.

Et moi je gis par terre à vos pieds dans cet abîme du monde!

Je m'étais retirée dans ces lieux déserts, à cette extrémité

De la terre, couvrant mon corps de feuilles et de peaux de bêtes,

Fuyant les hommes comme un animal, de peur qu'ils ne me tuent ou me prennent.

Mais maintenant la montagne est pleine de bruits farouches et je ne sais plus où aller.

Et voici que de faiblesse je ne puis plus bouger et il faut que je reste où je suis!

Malheureuse! que désiré-je le soleil, alors qu'il s'en va me découvrir à tous!

Et je gis ici comme une brebis dont la patte est cassée, à la merci de ceux qui passent.

> *Longue pause. Lever du jour.*

J'ai froid! j'ai faim!

> *Pause. Le soleil se lève.*
> *Bruit de chevaux au dehors. — Entre à cheval Cassius, portant l'Épée. Il va se placer sur une éminence d'où l'on découvre la contrée.*
> *Entre à cheval Tête d'Or, entouré de la troupe des Capitaines.*

LE MAÎTRE-DES-COMMANDEMENTS

Qu'est-ce que tu vois, Cassius?

CASSIUS

Je ne vois rien. — Voici que le brouillard se lève.

PREMIER CAPITAINE

Qu'est-ce qu'il y a là par terre?

SECOND CAPITAINE

Un crâne d'homme!

TROISIÈME CAPITAINE

Un côté de bœuf!

QUATRIÈME CAPITAINE

Et voyez ça! il y en a tout un tas! Des ossements d'hommes et d'animaux.

TÊTE D'OR

Quel est ce lieu où nous sommes?

LE MAÎTRE-DES-COMMANDEMENTS

Il est appelé « la Porte », car c'est la dernière porte.

Voici le seuil qui sur le Nord éternel est ouvert et le côté par où le soleil arrive;

C'est ici le rempart, l'oblique jointure par qui l'Europe est attachée à la Terre de la Terre.

Et c'est ici que l'antique Voleur de feu fut attaché,

Quand l'Aigle, comme une foudre,

Se cramponnant à lui, lui tirait le foie hors du corps.

— Que vois-tu, Cassius?

CASSIUS, *criant.*

L'Espace!

LE MAÎTRE-DES-COMMANDEMENTS

Regarde au Nord, que vois-tu?

CASSIUS

Je vois l'étendue de la Terre!

LE MAÎTRE-DES-COMMANDEMENTS

Tourne-toi vers l'Est saint!

CASSIUS

La terre est comme un tapis étendu! Et au loin il y a un brouillard obscur.

Il revient vers eux.
Le Maître-des-Commandements et un autre Capitaine mettent pied à terre, et prenant le cheval de Tête d'Or par la bride, ils le conduisent à la place où se tenait Cassius.

LE MAÎTRE-DES-COMMANDEMENTS

Regarde, ô Roi, et prends, car tout cela est à toi.

Et la terre est à toi, comme un champ dont on a mesuré l'étendue.

Regarde! Là-bas s'étend la mer plate et fermée, miroir rond.

Car voici

Que remontant nous avons atteint le niveau du monde et voici que la pente finit.

Ce lieu est appelé « Porte », car c'est ici que jadis les peuples vagabonds de la Plaine, à ce haut passage,

S'arrêtaient, sacrifiant comme en témoignent ces ossements, offrant aux dieux de l'Espace le feu,

Avant qu'ils ne franchissent le défilé noir et qu'ils ne commencent à descendre,

Formant des nations selon les creux de la terre.

Et maintenant, après les siècles écoulés, voici que nous apparaissons de l'autre côté,

A la génération de ceux qui sont demeurés
présentant un sceptre nouveau!

Regarde, ô Roi, voici que nous avons retrouvé
l'Espace!

Avance-toi donc, ô Roi, et franchissons la plaine
immense,

Afin que nous gravissions la dernière marche
et que de l'Asie

Nous conquérions l'énorme Autel!

Silence.

*Tête d'Or, sans rien dire, montre du doigt
la Princesse, étendue dans les buissons.*

UN CAPITAINE

Qu'est-ce que cela?

Il la touche du bout de sa lance. Elle gémit.

LE CAPITAINE

Cela vit. Mais je ne sais si c'est une bête ou
une femme.

*Il met pied à terre, et la prenant dans ses
bras, il la relève.*

UN AUTRE CAPITAINE

La montagne est habitée par des êtres farouches!
Celui-ci a la peau d'une bête, la chevelure d'une
femme.

TÊTE D'OR

C'est une femme, et la créature se meurt de
besoin. Passez-lui ma gourde.

Il donne sa gourde. On la lui approche des

*lèvres; elle boit, et fait signe qu'elle peut se
tenir seule debout.*

Qui es-tu, jeune fille?

*Elle secoue la tête, faisant signe qu'elle ne
comprend pas.*

UN CAPITAINE

Sans doute qu'elle ne comprend aucune langue.

*Elle ouvre la bouche, faisant signe qu'elle
a faim.*

TÊTE D'OR

Elle a faim. *(Il lui donne un morceau de pain
noir.)*

Prends mon pain. Mange, créature innocente!

LE CAPITAINE

Sire, ne gardez-vous pas ce pain pour vous?
Car la journée va être longue et dure.

TÊTE D'OR

Je n'ai pas faim. Et voyez comme elle est vêtue,
par ces froids qu'il fait ici la nuit.

Prends aussi mon manteau, jeune fille.

Il lui met son manteau sur les épaules.

En avant!

UN CAPITAINE

Marche devant, Cassius!

Tu brilles, héraut, et le soleil rouge et rond se
mire dans le dos de ta cuirasse!

LE MAÎTRE-DES-COMMANDEMENTS

En avant!

> *Ils sortent.*
> *La Princesse mange le pain.*

LE DÉSERTEUR, *surgissant des herbes*
d'où il l'épiait.

Donne-moi ton pain!

> *Il se jette sur elle et lui arrache le pain.*

LA PRINCESSE, *criant.*

Laissez-moi un peu de pain!

LE DÉSERTEUR

Comment! est-ce que tu parles ma langue?

> *Il la regarde.*

Attends! attends un peu.

> *Il la regarde longuement et attentivement,*
> *puis il se met à rire.*

A-a-a-h!

> *Il ôte son chapeau et fait lourdement le*
> *geste de s'incliner par moquerie. Puis il la*
> *regarde en ricanant sans rien dire.*

A-a-a-h!

Oh, cela est bon!

Comment est-ce que voilà que tu es ici?

Ne fais pas semblant de ne pas comprendre ce
que je dis. Regarde, le rouge te monte aux joues.
Ah, ah!

Réponds!

Penses-tu que je ne sache pas qui tu es? D'autres

ne te reconnaîtraient pas, mais moi, je t'ai reconnue.

LA PRINCESSE

Je pense que vous ne le savez pas.

LE DÉSERTEUR

Hi!

Il hoche la tête et cligne de l'œil.

Tu es la fille de l'ancien Roi.

LA PRINCESSE

Si vous le savez, ayez honte!

LE DÉSERTEUR

Honte!
Regarde si j'ai honte! prends cela pour toi pour ta *honte!*

Il la soufflette de toute sa force. Elle tombe par terre, puis, se relevant, elle se tient en face de lui, immobile.

Ne fais pas la fière avec moi!

Nous sommes seuls ici tous les deux. Tu es mon chien et je peux te tuer, si ça me fait plaisir.

Je peux te couper les membres un par un avec mon couteau, si c'est mon idée, entends-tu?

C'est mon tour maintenant!

Ah! ah! tu ne me reconnais pas? J'étais au palais, à la cuisine. Hein? tu ne te souciais guère de moi! c'est moi qui préparais les plats pour ta gueule,

Et tu ne savais pas plus que j'existais, que si j'étais les rats ou les couleuvres qui vivent dans les murs.

Mais moi, je te connaissais et te haïssais, va!
oh!

Et voilà que tu es entre mes mains et je peux
faire de toi tout ce que je veux.

LA PRINCESSE

Qu'est-ce que je vous ai fait?

LE DÉSERTEUR

Pourquoi que ton père était roi, le vieux gueux,
et moi pas?

Moi aussi j'aurais pu l'être comme lui, si j'avais
eu de l'instruction.

Vous ne faites rien! vous n'êtes que des bêtes à
pain.

Pourquoi qu'y en a qui sont-i les uns plus que
les autres?

Pourquoi qu'y en a qui ont tout ce qu'i veulent,
tant qu'i veulent boire et manger, et les autres
rien? C'est-i que je peux manger des briques, dis?

Moi, je me suis marié et j'ai eu des enfants, et
il a fallu que j'aille aux champs. J'étais pas fait
pour ce travail-là, j'ai mon certificat.

Et ces gueux de propriétaires ne vous laissent
rien.

Et voilà qu'i m'ont emmené à la guerre! Qu'est-ce
que ça me fait, leur guerre?

C'est-i qu'on tue les mères quand elles sont
pleines?

Pourquoi est-ce qu'on m'a pris et que voilà
mes enfants qui sont morts tous les deux?

Réponds, la garce! est-ce qu'on peut vivre sans
manger?

LA PRINCESSE

Vous le savez, vous qui m'avez pris ce pain que j'avais.

LE DÉSERTEUR

Ce pain? Qu'est-ce que c'est, le pain? avec quoi que c'est-i fait, le pain?

LA PRINCESSE

Avec le blé ou le seigle.

LE DÉSERTEUR

Tu le sais? et qui est-ce qui fait pousser le blé ou le seigle? Qui

Qui le récolte? qui le bat? qui le moud? qui est-ce qui fait le pain?

Si le pain devenait quelqu'un avec un nez et te commandait quelque chose,

Ne devrais-tu pas obéir?

Et celui qui produit le pain n'est-il pas le pain même?

Mais il n'a pas même le droit d'en garder pour lui; mais voici que je te le reprendrai de force.

— C'est pourquoi viens ici, toi, je te dis! Ici!

LA PRINCESSE

Puisque vous êtes mon maître, me voici; vous pouvez me tuer, si vous voulez.

LE DÉSERTEUR, *la prenant par la main.*

Viens.

LA PRINCESSE

Que voulez-vous faire de moi? Pourquoi me menez-vous sous cet arbre obscur?

LE DÉSERTEUR

Il y a un émouchet qu'on a fixé par les ailes au tronc de ce sapin avec deux clous. Regarde comme sa tête pend.

LA PRINCESSE

C'est un usage très barbare.

LE DÉSERTEUR

Tu remplaceras cet oiseau tout à l'heure.

LA PRINCESSE

Que dis-tu? Tu ne penses pas faire ce que tu dis? Ah! ah!
Tu ne me fixeras pas à cet arbre comme un oiseau qu'on cloue par les ailes!

LE DÉSERTEUR, *retirant les clous.*

Ils ne tiennent pas solidement. — Ils peuvent servir encore. Cette pierre-ci sera mon marteau.

LA PRINCESSE

Ah! ah! ah! ah! ah!

LE DÉSERTEUR

Donne tes mains.

LA PRINCESSE, *cachant ses mains
et souriant de terreur.*

Non! non!

LE DÉSERTEUR

Tu ne veux pas? A quoi te servent-elles?

LA PRINCESSE

Je te le dis, ami! ces mains qui ne savent pas
travailler

Peuvent apporter un aliment meilleur que le
pain,

Quoique je sache faire le pain aussi.

Et toi, pourquoi veux-tu me dévorer?

Et ceux qui me voyaient ne se souciaient plus
de manger, et leur cœur brûlait, que ce fussent
de jeunes hommes ou des vieillards.

Hélas! ma beauté n'est plus, sans quoi tu ne
dirais point que tu veux me tuer, et tu ne m'aurais
point ainsi humiliée, me frappant par le visage.

Qu'est-ce que je t'ai fait?

Ne me tue pas! parce que je ne puis travailler
comme toi, en quoi ai-je mérité ce supplice atroce,

De mourir ainsi lentement, clouée par les deux
mains?

Ne fais pas cela, de peur que ceux qui m'aiment

Ne te pardonnent pas parce que tu ne savais pas
qui je suis, et que ton nom ne soit en exécra-
tion.

Car j'étais l'honneur de notre pays et il n'y a plus
de beauté en lui depuis que je n'y suis plus.

Et que diront-ils, s'ils apprennent que c'est toi
qui m'as tuée, me clouant ainsi?

LE DÉSERTEUR, *aiguisant les clous sur une pierre.*

Pour quoi faire parler?

LA PRINCESSE

Rustre! je suis une Reine! La suprême dignité
Humaine me fut remise et je n'en puis être
dépouillée. Qui suis-je? qui es-tu? Regarde-moi
en face.

Oseras-tu porter la main sur moi? Qu'y a-t-il
de commun entre moi et toi?

LE DÉSERTEUR

Tu le connaîtras par les mains.

La Princesse lève les bras au-dessus d'elle,
les appliquant contre le tronc de l'arbre.

LA PRINCESSE

C'est bien. Où faut-il que je me place?

LE DÉSERTEUR

Ici. Lève les mains.
Je ne suis pas assez grand. Reste là.

Il va chercher une pierre et monte dessus.
Saisissant le bras droit de la Princesse, il
l'attache à l'arbre avec une corde; puis,
maintenant les doigts ouverts, il lui cloue avec
difficulté la main.

LA PRINCESSE, *criant.*

Ah! ah!
Ah! ah!
Ah! ah!
O cieux!

LE DÉSERTEUR

La main gauche.

LA PRINCESSE

La voici.

> *Il lui cloue la main gauche de la même manière, puis descend de la pierre.*

LE DÉSERTEUR

Tu ne cries pas, cette fois?

LA PRINCESSE, *elle lui crache au visage.*

Je te méprise, imbécile, brute grossière!
Le sang jaillit de mes mains! Mais malgré ces bras attachés au-dessus de ma tête, je reste ce que je suis.

LE DÉSERTEUR

Prends garde que je ne te tue trop tôt!

LA PRINCESSE

Va-t'en!

LE DÉSERTEUR

Ne me diras-tu pas adieu? ne me serreras-tu pas la main?

LA PRINCESSE

Je suis fixée au poteau! mais mon âme
Royale n'est pas entamée, et, ainsi,
Ce lieu est aussi honorable qu'un trône.

LE DÉSERTEUR

Maintenant, je puis manger mon pain.

> *Il mange lentement son pain jusqu'à la*

*dernière bouchée sans la perdre des yeux et,
en ramassant les miettes, il les avale.*

Rattache cette peau sur tes épaules, car elle te
découvre la chair au-dessous du bras et il n'est
point beau de se faire voir ainsi à un homme.

Hi! hi! les larmes sortent de tes yeux. Je puis
mourir, maintenant que je t'ai vue pleurer.

Reste là et quand viendra la nuit les loups
arriveront,

Et se dressant contre toi ils te dépèceront et ils
t'arracheront les jambes,

Et les corbeaux t'extirperont les yeux.

Reste là et meurs.

Il sort.

LA PRINCESSE, *criant tout à coup.*

Ha! ha! ha!

Oh;

(Rapidement.) O mains!

Elle reste là comme suffoquée.

O mains par lesquelles je suis fixée comme la
vigne qu'on rattache au mur!

— O lumière qui emplis tout! ô soleil qui fais ta
journée comme un juge, considérant toutes choses!

Vois-moi ainsi tendue et les clous sont enfoncés
jusqu'à la tête. C'est encore le matin et je resterai
jusqu'à Midi

Et jusqu'au soir, et jusqu'à ce que je sois morte.

Mais cela est bien ainsi et je ne me plaindrai pas.

Je mourrai debout,

Comme il convient très bien à ceux de ma race.

O mains! j'avais pensé que je vous apporterais
toutes les deux à mon époux,

Afin qu'il vous délivrât des liens nuptiaux.

Mais ces clous vous conviennent mieux.

Mon sang jaillit en haut, et il tombe sur ma tête et il descend le long de mon corps!

Ah! Ah!

Mes bras sont lourds comme du plomb.

O Dieu! mes pieds sont libres et je ne puis que trépigner sur la terre.

Et si je reste, posant ainsi sur les deux pieds, Je tire sur les clous, et je suffoque, et la douleur est intolérable!

Mais si je me lève sur la pointe des pieds, je ne puis rester ainsi!

O Dieu, ayez pitié de moi!

> *Long silence, qui est censé durer plusieurs heures et pendant lequel la scène reste vide.*
> *Entre par la gauche le Porte-Étendard à cheval, avec les Acolytes et l'Escorte. Le premier Acolyte monte sur le rocher.*

LE PORTE-ÉTENDARD

Que vois-tu?

L'ACOLYTE

Rien. La montagne me dérobe la vue de ce côté.

LE SECOND ACOLYTE

Pourquoi le Roi n'a-t-il pas pris son étendard avec lui?

LE PORTE-ÉTENDARD

Je ne sais, car jusqu'ici je me tenais toujours à son côté, quand il montait à cheval, à l'heure suprême de la bataille,

Tenant la bannière où est peinte l'aigle noire et terrible

Qui s'élève vers le soleil tenant un corps d'homme dans ses serres;

Et on ne voit point le soleil, mais toute la bannière est de la couleur de l'or.

Mais, cette fois, il m'a commandé de rester en arrière, à cette place qui commande le profond défilé,

Et d'attendre qu'il revienne ou le signal qu'il fera.

LE PREMIER ACOLYTE

L'Étendard pend sans mouvement le long de la hampe.

LE PORTE-ÉTENDARD

Et nous aussi nous restons immobiles à ce seuil du monde.

Comme nous sommes arrivés ici, nous levant de l'Ouest comme un oiseau!

O jeune homme qui es nouveau à l'armée,

Certes tu verras le Roi du monde régner, mais tu n'as pas vu ce que nous vîmes!

La terreur et l'éblouissement marchent devant lui, et, comme si elles ne savaient plus s'en servir,

Les armées déposent leurs armes par terre.

Il a paru au milieu des lâches!

Il s'est rué parmi les multitudes, comme un lion dans une porcherie!

Et elles se sont soulevées comme la mer et elles se sont apaisées sous lui.

Et voici que nous apparaissons à la porte, affrontant l'antique Asie!

Coup de vent. Faible rumeur au loin.

LE PREMIER ACOLYTE

Entendez-vous?

LE SECOND ACOLYTE

La bataille se livre en ce moment.

Pause.

Et qu'allons-nous faire à présent?

LE PORTE-ÉTENDARD

D'abord, longtemps,
Il nous faudra marcher au travers de la terre
plate.

LE PREMIER ACOLYTE

Et ensuite on dit qu'il est une montagne
Si haute qu'elle touche le ciel, et du ciel même
Quatre fleuves, comme du lait de vache, des-
cendent sur la terre.
Et, l'ayant passée, nous retrouverons
La mer comme une coupe pleine.
Là est une terre d'or! et l'odeur seule en est si
merveilleuse
Qu'il semble que l'âme se sépare du corps comme
dans les rêves
Et comme dans l'exultation de la femme qui
conçoit.
Les singes se cachent dans les arbres en fleurs,
et le sable sent l'huile;
Et les volcans sous-marins paraissent comme des
fleurs de lotus submergées et comme du vin
répandu.

LE PORTE-ÉTENDARD

Peu m'importe?

Ma volonté est de faire la volonté du Roi et d'être à son côté,

Tenant l'Étendard, et telle est ma part de la terre.

Certes il est juste que nous adorions comme un dieu celui qui commande avec sagesse.

Son cœur est profond et l'intelligence lui a été donnée pour gouverner les hommes.

C'est ainsi qu'il grandit, image de l'audace divine et de la justice inébranlable,

Comme un arbre au-dessus d'un puits où viennent boire les hommes et les troupeaux.

Et son esprit comme un figuier merveilleux
Montre à la fois des fleurs et des fruits.

LE PREMIER ACOLYTE

Pour l'armée qu'il a menée ici...

LE PORTE-ÉTENDARD

Jamais on ne vit pareille armée! et c'est comme si l'amour en était le commandement.

Tous le voient de loin comme une fleur jaune dans l'herbe.

Et plus chèrement que la femme qu'ils ont, chacun de ces hommes grossiers

Dans son cœur porte l'image sacrée du Roi.

Et il n'y a point de chefs, ni de soldats, mais chacun

Garde sa partie comme un musicien, et ils ne forment qu'un corps,

Et la mort a perdu son sens.

*Pause. Faible rumeur au loin. Tous
tiennent les yeux fixés sur l'Étendard.*

LE PREMIER ACOLYTE

Il a laissé là l'ancien drapeau.

LE PORTE-ÉTENDARD

C'est ici l'Étendard de l'Empire, mais ils
marchent sous des enseignes différentes.

Beaucoup portent l'image du Soleil

Qui embrasse le Ciel et la Terre, et de son rayon-
nement sortent des bras.

Des pêcheurs dans une barque jettent sur lui
l'épervier, des bûcherons éperonnés montent vers
lui dans les chênes.

Et ceux qui s'en sont venus de là où la terre finit

Arborent des plantes marines ou le plomb de la
sonde et l'on voit flotter au-dessus d'eux

L'Unicorne aux nageoires écarlates, ou le dieu
de la Mer, aux yeux de corne, dégorgeant sa
langue comme une pierre,

Ou le signe salutaire de la Croix aux branches
égales :

Et tels sont les signes de ceux qui habitent aux
bords de l'abîme profond.

D'autres drapeaux sont verts comme les champs,
et de l'herbe y est attachée, et des poils d'animaux,
et des ossements, et des sacs de terre.

L'image du blé se relève du sillon parmi un vol
de pigeons aux ailes droites, et des paroles lui
sortent de la bouche;

Et la vigne comme une femme est attachée sur
le pressoir;

Et quelque chose aussi rappelle le Soleil,

Quand, en Septembre, alors que la moisson est enlevée,

Comme un pontife qui se prosterne, il baise religieusement la terre dépouillée.

D'autres encore! et ils ne montrent rien de certain, mais ils ressemblent à un champ de sarrazin en fleurs,

Ou à l'azur plein de feuilles de poiriers qu'irise la trame des cils, ou à une irruption d'abeilles, ou à la mer séduisante!

Et d'autres raides et brodés racontent tout entiers d'étranges légendes.

Un faucheur travaille; un homme nu

Combat des deux mains avec un fouet contre un aigle d'argent à quatre ailes.

Et ailleurs ce sont des rêves peints : le disque de la Lune,

Des dragons, des panthères qui mangent les dieux,

Ou des roses, et une ronce brodée.

Mais quand je parlerais encore je ne pourrais dire tous les signes.

LE SECOND ACOLYTE

En voici un dont tu n'as point parlé.

Une grande pièce d'étoffe noire est hissée au-dessus d'une des montagnes situées à l'Est.

LE PREMIER ACOLYTE

Eh?

LE PORTE-ÉTENDARD

Je ne sais ce que c'est! je ne sais ce que cela veut dire!

*On entend une trompette qui sonne nette-
ment comme si elle annonçait quelque chose.*

LE PREMIER ACOLYTE, *criant.*

Écoute!

LE PORTE-ÉTENDARD

J'entends et je ne comprends point!
Mais je suis frappé d'horreur et mon âme se
putréfie au dedans de moi.

LE PREMIER ACOLYTE

Comme ce drap lugubre vole dans le vent!

Pause.

VOIX, *criant d'en bas.*

Ho!

Écho.

LE SECOND ACOLYTE
se penchant sur le précipice.

Il y a quelqu'un en bas qui fait signe qu'il veut
monter.

LE PORTE-ÉTENDARD

Fixez le palan.
Laissez filer la corde.

*On fait ce qu'il dit. La corde file. Puis des
soldats hissent dessus, et au bout d'un temps
un homme armé y apparaît suspendu. Il met
pied à terre.*

Qui es-tu, ô toi qui viens de la profondeur?

LE MESSAGER

Prosternez-vous devant moi, car la mort siège sur ma langue!

Je vous dirai ce que j'ai vu et c'est pourquoi j'ai fui, ne pouvant demeurer où j'étais, et je vous ai crié de me monter ici et de ne point me laisser en bas.

LE PORTE-ÉTENDARD

Ne me parle point davantage!

LE MESSAGER

J'annoncerai la chose sacrée,

Afin que tu t'étendes par terre comme un homme privé de vie,

Car le Roi des hommes est mort.

TOUS, *criant.*

Ho! ho!

LE MESSAGER

Du moins je dirai ce que je sais, car notre poste guettait du haut de cette montagne qui est en face.

Et nous voyions notre armée s'avancer en bon ordre dans la plaine et les hommes paraissaient tout petits.

Et à Midi ils s'arrêtèrent pour manger, puis ils se remirent en marche et nous les suivions toujours.

LE PORTE-ÉTENDARD

Eh bien? eh bien?

LE MESSAGER

Voici qu'une fumée se lève de la terre et une épaisse poussière avec un vent véhément, couvrant l'armée.

Et elle demeura longtemps sur eux, en sorte que nous ne la voyions plus.

Mais quand elle se fut dissipée, nous vîmes

— Une armée infinie qui s'avançait en face de la nôtre.

LE PORTE-ÉTENDARD

Ce n'est pas possible! D'où serait-elle venue? Car les éclaireurs ne nous ont pas rapporté qu'elle fût fort nombreuse.

LE MESSAGER

Je ne sais. Peut-être que le vent les a apportés comme des poux.

Mais nous regardions toujours. Et écoute bien : voici ce que nous vîmes.

Nous vîmes notre armée s'enfuir.

LE PORTE-ÉTENDARD

Que racontes-tu là? Certes la poussière était dans tes yeux?

LE MESSAGER

Je te dis qu'ils fuyaient! Et il n'en reste pas un seul.

Mais on les voyait courir aussi vite qu'ils le pouvaient.

Et un homme seul restait au milieu de la plaine, et nous reconnûmes qui c'était.

Et c'est alors que, moi aussi,
Je me suis enfui, ne voulant point voir davantage.

> *Profond silence. — Pause.*

LE PREMIER ACOLYTE,
penché sur le précipice.

Je vois des hommes qui arrivent au galop.

PLUSIEURS VOIX MÊLÉES, *criant d'en bas.*

Ho!

> *Écho.*
> *On laisse descendre la corde, après y avoir
> assujetti au moyen de chaînes un large plan-
> cher.*
> *Les soldats hissent sur le palan. Et bientôt
> du précipice, sur le plancher, où le corps de
> Tête d'Or est étendu, émerge le groupe des
> Capitaines, si pressés qu'il y en a qui ont les
> jambes ballantes dans le vide, et d'autres
> sont accrochés dans les chaînes.*
> *Le groupe s'élève toujours jusqu'à la hauteur
> du soleil qui le couvre, puis le palan tourne
> et le plancher descend lentement sur le sol.
> Ils mettent pied à terre.*

UN CAPITAINE, *criant et tendant la main
vers l'Étendard.*

Arrache la soie de l'enseigne et déchire-la en
deux!
Et prends la hampe et casse-la sur ton genou!
Car voici que l'aigle revient d'un vol lourd,
Portant un corps d'homme dans ses serres.

Regarde ce que nous rapportons, nous élevant vers ce lieu âpre et haut.

Afin que nous célébrions ses funérailles ici, sur cette porte du monde, à cette place d'où l'on découvre la terre.

C'est ainsi qu'autour de ce corps mort nous nous rassemblons comme des oiseaux.

Retire-toi de nous, soleil!

SECOND CAPITAINE

O Tête d'Or! ô Maître! O Roi! ô Roi!

C'est ainsi que nous nous sommes élevés ici, nous les aigles, te rapportant avec nous.

O cadavre!

Que la femme crie sur son premier-né! L'homme pleurera sur la mort de son roi et les larmes paraîtront sur sa face.

Et il n'y a point de consolation.

TROISIÈME CAPITAINE

Retire-toi de nous, soleil! Laisse-nous seuls et ne nous insulte point davantage!

Voici que la terre tourne sa face vers la nuit, et toi, demeurant à ta place comme une montagne, tu disparais! Tu vois cela, Père!

Regarde, nous te le montrons! afin que tu mettes ta bouche sur notre misère.

Maintenant laisse-nous seuls, afin que nous pleurions sur cette proie que nous avons entre les mains.

O Roi! ô Roi!

Tu t'élevais vers la fixité comme l'Ange qui porte le sceau de la vie!

Et voici ce que nous remportons avec nous,
l'ayant ramassé par terre.

Vois cela, lieu! Voyez cela, montagnes, et vous,
forêts, poussées de l'Arbre fraternel!

Et que toute plante frémisse dans ses racines,
parce que le roi des hommes est mort!

O malédiction de l'homme! ô mort! ô condam-
nation! ô lieu fermé! ô horreur du lieu où nous
sommes!

O Roi! ô Roi!

Voici que tu es mort et c'est la mort que nous
tenons dans nos mains!

LE PORTE-ÉTENDARD

Arrête! pose un terme à cette furie! — Tu me
fais parler et moi-même,

La douleur me soulève comme une envie de
vomir pour une femme pleine,

Et les larmes que je voudrais jeter

Gèleraient comme quand Noël empêche l'hiver
de pleurer!

— Ici! dépose-le ici, établis le corps royal avec
cérémonie,

Sur ce roc carré qui servit aux rites antiques,

Afin que la forme de l'homme sanglant y repa-
raisse

Dans la considération des cieux et de la terre!

Ils lèvent le corps.

C'est ainsi que vous avez été vaincus?

LE CAPITAINE

Sache que nous avons été vainqueurs. Tout
est fini.

Le corps est étendu sur le rocher.

LE PORTE-ÉTENDARD

Regardez cela! voyez!

Tête! mains! ô corps sale et souillé! C'est ainsi qu'il est étendu sur le dos.

Il gît

Sanglant et les yeux fermés, montrant les dents,

Avec ses joues couvertes de croûtes de sable!

Cherchez de l'eau! lavez-le! que quelqu'un de vous se fasse sa servante!

Nous voici les uns près des autres

Comme des héritiers dans la maison d'un mort, qui est vide.

Ils lui ôtent le casque et dénouent ses cheveux.

CASSIUS, *hurlant.*

O cheveux!

O Maître! Maître! Oh! qui donnera une autre douleur à Cassius pour satisfaire à sa passion!

Il se déchire la face.

Oh! que ces ongles se remplissent d'une vile matière!

Que ces membres, que cette forme

Vieillissent et comme le bois brûlé se couvrent d'écailles de cendre!

Que ce groin

Grandisse des dents de bête et fouille la terre comme un coutre!

Le conducteur est mort! Animaux, mes frères, salut!

LE PORTE-ÉTENDARD, *à l'un de ceux*
qui prennent soin de Tête d'Or.

Tu tiens ses cheveux sur ton bras et tu y enfonces
le peigne.

Et le peigne aussi s'enfonce dans mon âme et
je vois cela comme si c'était dans un rêve.

O soldats! qu'est-ce qui est arrivé?

LE CENTURION

Que veux-tu savoir?

Est-ce que ceci n'est pas assez? que veux-tu
apprendre de plus?

Maudite soit cette terre où nous sommes entrés!

CASSIUS

C'est moi qui parlerai et je raconterai tout.

Et comme ce fut moi qui annonçais la victoire,
je crie la mort!

Certes, c'est elle qui nous conduisait,

Alors que nous nous avancions au rebours du
soleil au travers de la plaine infinie.

Et, nous retournant, nous voyions les montagnes
en arrière.

A midi nous nous assîmes pour manger, puis
nous nous remîmes en marche.

Or sachez que la chaleur était intolérable et les
soldats mouraient sous le poids des armes et du
sac,

Car le soleil nous dévorait et nous ne pouvions
nous cacher de lui.

Et à deux heures voici que le vent se leva, souf-
flant le sable,

Et nous y demeurions perdus comme des hommes que la terre recouvre,

Et quand nous émergeâmes de la poussière,

Nous vîmes le soleil rouge brûler au-dessus de nos têtes comme un Moloch.

Et au-devant de nous il y avait une armée là.

LE PORTE-ÉTENDARD

Mais quelle armée?

CASSIUS

Tais-toi et ne m'interromps pas vainement.

Certes l'humanité antique était venue au-devant de sa sœur

Et comme jadis au jour de la séparation, nous nous considérions de plain-pied.

Leurs figures plus que les nôtres sont proches de la couleur de la terre.

Et nous voyions dans leurs mains les armes et les outils primitifs,

Et au milieu d'eux se tenaient les Rois et les Seigneurs, et au-dessus de leurs têtes oscillaient les vieilles idoles,

Les monstres à trois visages, accroupis, d'où sortent six paires de bras.

Et on voyait aussi des chameaux, et des rangées d'éléphants, et des tigres dans des cages de bois,

Et nous entendions le gong sourd tonner.

C'est ainsi que nous nous considérions.

Car les uns étaient descendus sur l'Europe qui comme un homme couché avec les bras étendus s'étend sur le sein des eaux,

Et les autres étaient demeurés, multipliant à la place où ils étaient.

Et nous avions vécu notre vie dans la guerre et dans les larmes, assiégés

Par les esprits de turbulence et de colère qui viennent de la mer mouvante et inhabitée,

Et sur eux avec des mains de bourreau avaient établi leur domination avec sécurité

Brahma, Prince de l'Erreur, et Bouddha, le démon de la Paix.

Et au-dessus de nous, du Soleil brillait la face enflammée.

VOIX

O!

CASSIUS

Nous demeurions là,

Du sable plein les cheveux, dans le sable jusqu'au gras de la jambe.

Et voyant cette multitude en face de nous,

La peur entrait en nous et le dégoût de combattre et d'aller plus avant sur la face de cette terre déserte.

Et nous vîmes que nous étions peu nombreux et dispersés et nos canons enfoncés dans la terre.

Et le Roi parlait en étendant les bras,

Et il poussait son cheval çà et là, mais nous ne l'écoutions point,

Et nous ne quittions point des yeux l'adversaire.

Et voici que de leurs rangs,

Comme les gens des caravanes s'appellent avec un énorme coquillage perforé, nous ouïmes le son d'un cor ou d'un cornet!

O que ce son était triste et amer!

VOIX

O!

CASSIUS

C'est ainsi que ce peuple antique nous parlait.
Et rien ne nous retint plus, mais l'armée comme
un seul homme recula irrésistiblement.
Et, ô honte! voici qu'ils commencèrent à fuir.

VOIX

O! o!

CASSIUS

Le Roi vit cela et il ne s'y opposa point et il
demeura tout seul.
Alors il jeta son épée par terre et, descendant
de son cheval, il lui ôta son mors.
Et tout seul il s'avança vers l'armée ennemie,
levant le mors vers le ciel;
C'est ainsi que nous le voyions s'avancer
Comme le pigeon indigné qui bondit vers sa
femelle en traînant les ailes.

VOIX

O!

CASSIUS

Nous vîmes cela! et ils se jetèrent sur lui comme
des rats avec les ongles et les dents.
Et les uns le prenaient par les bras et les autres
aux jambes, et les autres lui tenaient la tête en
arrière.

Et nous, misérables, nous le voyions qui sortait du milieu d'eux depuis la ceinture.

Et il se débattait comme un cheval que les dogues tiennent aux oreilles,

Criant d'une voix épouvantable et traînant çà et là sa prison vivante avec les reins!

Un qui tenait son épée à deux mains,

Cherchait le défaut de l'armure, comme un cuisinier qui ouvre un crabe avec la pointe de son couteau.

VOIX

O!

CASSIUS

Oh!

Quel cri clair et aigu nous l'entendîmes pousser, comme la grande Pallas quand elle se sentit saisie par le Satyre,

Tel que le souvenir en fait

Vibrer encore nos os comme des instruments!

Et nous reconnûmes la voix, comme la femme qui entend l'homme crier.

Et nous criâmes aussi et nous nous précipitâmes en avant.

Trois fois nous chargeâmes dans cette foule, et à la fin, pliant sous notre désespoir, ils se dissipèrent comme un troupeau.

Et comme l'Indien effaré

Se retourne dans sa course pour regarder l'éléphant qu'il a blessé, fou de douleur,

Qui le poursuit, comme une montagne, à travers les rizières éblouissantes, ils nous voyaient derrière eux.

Et nous retrouvâmes le Roi par terre
Comme un sac d'or que les voleurs ont jeté,
Mort, privé de vie.
Et voici que nous revenons, rapportant avec
nous cette proie.

VOIX

O! hélas! ô Roi! ô Roi!

CASSIUS

Criez plus haut! que la terre se fende en deux!
Que la révélation du soleil s'éteigne!
Que l'Arbre du temps, qui porte les mondes
comme des oranges,
Et comme des pommes et comme des figues
sucrées, et comme des raisins,
S'abatte les racines en l'air!
Car voici que l'homme a terminé sa suprême
entreprise, tout est fini.
Et il ne prévaudra point
Contre la Puissance qui maintient les choses en
place.
Criez plus haut!
Pleurez plus fort! Rentrez chez vous maintenant
et asseyez-vous par terre!
Pour moi, ô Roi, je t'ai aimé.
Tu étais ma vie, et je te considérais dans mon
émerveillement, Roi des hommes!
Et ton héraut s'en va avec toi!
Écoutez la voix du héraut! Tout est fini, tout
effort est arrivé à sa conclusion.
— Et moi, Cassius, ayant proféré ces paroles,
je disparais.

Il se précipite.
Pause.
Quelqu'un s'approche et se penche sur le
corps de Tête d'Or.

LE CENTURION

Qu'est-ce qu'il fait?

UN CAPITAINE

C'est le chirurgien.

LE CENTURION

Qu'est-ce qu'il regarde? Le Roi est mort.

UN AUTRE

Non, car le corps n'est pas rigide.

UN AUTRE

Eh quoi? est-ce que nous l'aurions remporté
ainsi vivant avec nous?

Le Chirurgien leur fait signe de la main
de se taire. — Silence.

UN DES ASSISTANTS

Eh bien?

LE CHIRURGIEN

Donnez-moi l'éponge. Aidez-moi. Otez la cui-
rasse.
Doucement!
Décollez les vêtements.

Ils font ce qu'il dit.

UN CAPITAINE

O corps peint! ô corps marqué!

UN AUTRE

Ça ne saigne plus.

> *Le Chirurgien applique son oreille sur la poitrine. — Silence.*

LE CENTURION, *à demi-voix.*

Que cherche-t-il encore?

PREMIER CAPITAINE

Il est habile. Il a une oreille d'horloger. Il entend comme une taupe.

LE CHIRURGIEN, *se relevant.*

Il vit.

LE CENTURION

Il vit? Est-ce qu'il vivra?

LE CHIRURGIEN

Non.

> *Il enfonce un doigt dans une des blessures.*

LE ROI, *poussant un cri.*

Ah!

LE CENTURION

Le voilà qui se réveille.

> *Pause. — Le Roi reprend connaissance et regarde autour de lui. Silence.*

LE ROI

Est-ce qu'il y a un chirurgien ici?

LE CHIRURGIEN

C'est moi, Sire.

LE ROI

Dois-je mourir?

> *Le Chirurgien, qui est en train de se laver*
> *les mains, fait signe que oui.*

Qui veut se dresser devant moi et me grincer
des dents à la face, en jurant

Que je ne suis qu'un sabre de bois, et que comme
un absurde bambin

J'ai mené ma hoste dans ce désert, confondant
avec des histoires lues marches et batailles?

Lâches!

Lâches!

Lâches! que je sois maudit pour m'être confié
en vous, lâches!

J'ai été jeté par terre et la foule a piétiné sur
mon corps.

Et me voici étendu ici, meurtri et abîmé!

Venez, n'ayez pas peur! Voyez, je suis sans
force et sans défense, et jetez-vous sur moi comme
des animaux!

Tuez-moi à coups de bâton! tapez! tuez-moi à
coups de bottes!

LE CHIRURGIEN

Prenez garde. Voilà que vous saignez de nouveau.

LE ROI

Que chacun de ces nouveaux yeux
Pleure de la sève! et que je devienne rouge
comme Mars, et que je resplendisse de votre
honte
Comme un miroir!
— Mais êtes-vous vainqueurs?

LE CENTURION

Nous le sommes, Sire.

LE ROI

Je ne puis plus, je ne puis plus faire!
O membres rudes, maintenant brisés! Moi, moi,
Me voici à votre merci, plus faible qu'un débau-
ché,
Qu'une ignoble motte de chandelle dont l'œil
liquoreux verse sa flamme! Ce vil corps, cette sale
machine,
Refuse à mon âme son langage!
Quelle force me manque! Tu me laisses, Vertu
Royale!
Tu es médecin, toi?

LE CHIRURGIEN

Oui.

LE ROI

Fais-moi boire la santé dans une tasse et me la
tiens aux lèvres! Rends-moi puissant!
Je ne puis plus! Moi-même je ne puis pas renaître!
Là, là...

LE CHIRURGIEN

Que demandez-vous?

LE ROI

Là, là, partout, çà,

Ces vêtements qui restent, ces plaques de fer : vite!

Dépouillez-moi de ces haillons tout entiers, que je me montre

Comme au jour où l'habitation maternelle a mis le mâle dehors! mettez-moi nu!

O breuvages! ô baumes!

Des linges frais et blancs! enveloppez-moi dans des linges! Enveloppez-moi dans une nappe comme un pain!

Ils font ce qu'il dit.

LE CHIRURGIEN

Vous trouvez-vous mieux maintenant?

LE ROI

Bandé de langes comme l'enfant.

Pause.

LE CENTURION

Simon!

LE ROI

Quel est ce nom? qui me parle?

LE CENTURION

Agnel! Simon Agnel!

LE ROI

Qui ose m'appeler ainsi?

LE CENTURION

Moi, j'ose! laisse-moi pleurer sur toi, mon frère royal!

Tu gis ici et voilà que tu touches la terre avec ta tête.

Relève-toi! tiens-toi debout! tire l'épée! lève le sceptre dans ta main!

O mon frère royal, te voilà étendu par terre et voici que je me penche sur toi!

LE PORTE-ÉTENDARD

Hélas, ô Roi!

LE MAÎTRE-DE-LA-CAVALERIE

Hélas!

UN CAPITAINE

Hélas!

UN AUTRE

Maître, maître! tu nous abandonnes, Seigneur!

LE ROI

Que voulez-vous de moi? Dévorez-moi!

LE CENTURION

Stature ruinée de notre espérance! image sanglante et flétrie!

Ouvre les bras au moment de mourir et serre

sur ta poitrine l'adieu, la gerbe de tes génies aux faces sublimes!

Quels ont été ta force et ton courage!

Instruisons-nous ici de désespérer! O

Notre effort, tu disparais dans l'holocauste!

Pause.

LE ROI, *criant*.

Ha! ha! ha!

PREMIER CAPITAINE

Quelle convulsion le saisit?

LE ROI, *criant*.

Ah! ah! hélas! Ah! ah! hélas! Ah! hélas!

DEUXIÈME CAPITAINE

Il se souvient! il se souvient! Voilà que la rage entre en lui et il se soulève, tel qu'un chat à demi tué!

TROISIÈME CAPITAINE

L'âme dans cette crise oubliera

La mort de son corps comme une femme qu'elle est nue.

LE ROI

Mon bien! mon bien!

Mon espérance arrachée de mes mâchoires! tout perdu!

Ah! ah!

Pourquoi

Cette force me fut-elle donnée quand je me
tenais sur mes pieds? Pourquoi ce désir
Vorace, obstiné, insatiable?
O passion!
O âme pour qui rien n'existait de trop grand!
et voyez, ces mains
Empoignent le vide et ne se prennent à rien!
O âme domptée! ô cette chose que je suis!
Misérablement, misérablement j'ai été jeté, tué!

LE CENTURION

Tête d'Or, réponds-nous! Qui établira la justice
parmi les peuples? la justice qui est appuyée
sur la force.

LE ROI

Certes j'ai manqué à mes promesses! Mais peu
m'importe. — Je veux, je veux...

LE CENTURION

Tu n'as point reçu, donnant.

LE ROI

Je ne peux pas! je ne peux pas! Je ne suis pas
un dieu!
En quoi ai-je manqué? où est ma faute?
(Il arrache les bandages.) Crève, hoquet! arrière,
torchons! et que chaque source
Débonde par un bouillon aussi gros que l'œil
d'un cheval!
Créatures qui dans la toute-puissance vous
réjouissez, voyez-moi dans ce lieu impie, misérable,
versant mon sang!

— Ah! ah! étincelles et feu, bataille!

Et le guerrier bramant, comme une tour, le cheval échevelé, aux mains de corne! Ah! ah!

Chargez! enfoncez, enfoncez!

— Rougeur! trou, bouche, gueule de gloire, porte insoutenable! ô vous, Êtres forts!

Qu'on me coupe les mains et les pieds et je vous tendrai les moignons, et je marcherai vers vous sur mes os! Vers vous!

PREMIER CAPITAINE

Voyez cela!

DEUXIÈME CAPITAINE

Tenez-lui les pieds, essuyez-lui la bouche.

TROISIÈME CAPITAINE

Horreur! Plus qu'horreur! Spectacle
Détestable, lamentable, effroyable, pitoyable!
Et nous avons
Deux yeux pour voir cela, rangés stupidement autour de lui, comme des bestiaux autour d'un abreuvoir!

LE CENTURION

Apaise-toi, Roi!

LE PORTE-ÉTENDARD

Quel sang il jette! Comme la jument claque l'air de son poil! Quelle vie
De tigre est prise dans ses os! Comme il rugit! comme il
Se tord, couvrant de sang l'autel, et il découle par les rigoles.

Et la terre tout autour boit.

Le Roi s'apaise.
Silence solennel.

PREMIER CAPITAINE, *à un autre*
qui a la tête tournée vers l'Ouest.

Que regardes-tu?

DEUXIÈME CAPITAINE

Quel incendie dans le ciel!

Tous tournent les yeux vers l'Ouest.

TROISIÈME CAPITAINE

Une rue
Est ouverte à travers le sein de pierre de la terre.

Et la muraille est si haute que les arbres qui y sont accrochés paraissent comme des touffes de lauriers.

Et çà et là, se détachant de l'antique rocher, des formes de monstres veillent sur les corniches et comme des ruines de cités.

Et le soleil se tient au bout dans sa magnificence et dans une splendeur effroyable.

Tout est plein d'or et nous nous tenons en face de cet aveuglement.

LE ROI

Il sombre! Il sombre! Il descend! Il s'enfonce vers l'abîme inférieur!

Ce n'est point le Soleil, c'est la citadelle embrasée de notre espoir!

Et l'homme ne fera point de pas en haut que
son chemin ne se rue avec lui!

Vous, sources, tombe des forêts où j'ai longtemps
habité, branches chargées de malédiction, chemins, routes profondes,

Voyez quelle iniquité je supporte

Aujourd'hui que j'essaie en vain de sortir hors
d'un sépulcre innocent!

Et toi, tel qu'un visage éternel,

Richesse universelle de l'année, monde fruc-
tueux, je ne te posséderai point, couronné comme
Cybèle!

Et comme un roi, je ne te baiserai point, ô
Paix!

Roi non par le hasard, mais par la force et la
vérité,

O terre! ô terre que je ne puis saisir!

> *Il se jette sur le sol.*
> *Ils le relèvent et le replacent sur le roc.*
> *Pause.*
> *Clameur confuse en bas.*

UN CAPITAINE, *se penchant sur le précipice.*

Voici l'armée qui revient.

UN AUTRE

Ils se rassemblent tous au pied de cette muraille.

LE CENTURION

Vit-il encore?

LE CHIRURGIEN

Il vit. Je ne puis comprendre comment.

PREMIER CAPITAINE

Partons! qu'attendons-nous?

> *Le Centurion lève la main.*

DEUXIÈME CAPITAINE

Il reprend connaissance. Ses yeux reparaissent.

LE CENTURION

Sire, comment êtes-vous?

LE ROI

Combien de temps
Y a-t-il
Que je vivais?

PREMIER CAPITAINE

Vous êtes resté évanoui quelques minutes.

LE ROI

La mort m'a rendu. Quelques minutes?

PREMIER CAPITAINE

Oui.

LE ROI

Je gisais là depuis des siècles de matière. Un sommeil...

DEUXIÈME CAPITAINE

Que dit-il?

TROISIÈME CAPITAINE

Il parle de sommeil.

« qui était Tête d'Or

LE ROI

Un sommeil bas, inerte, gêné. Un oubli détestable. Là, l'âme subsiste toute seule.

J'ai touché le fond et voici que je remonte comme un plongeur.

J'ai vécu.

Ah!

Qui veut tâcher de me faire croire
Que j'ai été autre chose que tous?
Un homme de chimères.

Non, mais j'ai été un homme de désir!

— Que pouvais-je faire? Répondez!

J'ai cherché avec angoisse. En quoi ai-je manqué à ce que je pouvais? tout, tout manquait!

Et je restais tout seul et je n'ai point désespéré, mais j'ai cru.

Et je meurs. Mais le signe royal
Ne s'effacera pas de mon front.

PREMIER CAPITAINE

« volonté qui conquérir

Oui, Tête d'Or.

LE ROI

Si j'ai été impur en quelque chose,
Je demande pardon. Mon désir
A été de choses grandes.

— Si vous m'aimez, ne me laissez pas succomber à cette horrible faiblesse! Ah!

Ah! choses non atteintes!

Brisez mon corps! déracinez mes membres!

Dépecez-moi et fixez mes quartiers aux portes des villes,

Qu'ils fassent honte aux lâches et douent les

enfants au ventre de leur mère d'une âme féroce!

Clameur en bas.

LE CENTURION

O Roi, ton armée est là au fond. Et ils nous appellent, se pressant contre la paroi de la pierre car ils pensent que tu es mort.

LE ROI

Certes, je suis mort.

Jetez-leur mes vêtements! Jetez-leur la dépouille! Car, comme ils m'ont rejeté, je me dépouille d'eux, et la défroque du roi mort leur revient.

Jetez l'étendard aussi! Tout le ciel est mon étendard!

Ils s'agenouillent tous autour de lui.

LE CENTURION

O Roi, pardonne-nous!

PREMIER CAPITAINE

Pardonne-nous, ô Roi! Et ne garde point de colère contre nous, mais pardonne!

DEUXIÈME CAPITAINE

Pardonne-nous!

LE ROI, *tendant la main.*

Adieu, amis!

LE CENTURION

Adieu, Roi des hommes!

Laisse-moi te baiser, main royale! O poing
plus précieux qu'une gorgée d'eau!

LE ROI

Adieu, vous! Hommes, adieu! — Des gestes, un
bruit de pas dans les feuilles mortes, de pénibles
discours

Répétés avec la patiente violence du fou, la
confusion des figures et des paroles : tout cela
un moment.

Et cependant, prêtant l'oreille, ils entendent le
bruissement des feuilles de laurier, où d'un œil
béant considérant la sainte rougeur

Du soir des saisons ils envient la satisfaction.

Pour moi, je vous ai fait lever de votre paresse,

Et je vous ai convoqués de l'ombre dans laquelle
vous étiez assis.

Et j'ai apporté l'ordre parmi vous; et voici cet
ordre que je vous ai donné, c'est que je vous ai
commandé de sortir!

Ni le monde n'a prévalu contre nous, ni la
multitude des hommes.

Et je vous ai menés jusqu'à cet espace vide!
Car c'est ici que la place était marquée pour que
j'y mourusse.

Laissez-moi donc maintenant. Mon adieu, camarades!

Je mourrai seul!

UN CAPITAINE

Hélas!

LE ROI

Pourquoi hélas? Mon adieu, camarades! Il fallait que cela fût ainsi.

Adieu, je vous aime tous.

Quel est ce lieu, Centurion?

LE CENTURION

C'est le passage du haut, qui est le plus âpre et plus difficile que par en bas.

LE ROI

Coupez les chemins! encombrez l'abord de pierres et d'abattis!

Afin que les hommes ne me troublent point; car je ne veux pas rentrer dans la terre.

Cela suffira. Ne gémissez point; n'ordonnez point à mon armée quelque marque emphatique de douleur.

Partez sans regarder en arrière.

L'affaire est entre moi et l'oubli.

— Je vois au-dessus de moi l'air qui enveloppe tout, et ces arbres

Qui, comme des piles à demi brûlées dans les fleuves de l'air, enfoncent leurs feuillages dévastés,

A l'appel silencieux de ce mur d'incendie,

S'ébranlant tous ensemble, lui répondent par des bêlements.

C'est ici que je gis pour pourrir, pour perdre mon visage comme un voile,

Mâchant la lune avec des nœuds de vers!

LE PORTE-ÉTENDARD

Penses-tu que l'homme étant mort renaisse?

LE ROI

Je ne crois plus aux fables des mères;
Ni que l'augure pressant sa charrue vit germer
Tagès du sillon;
Et qu'il existe dans cette salle du monde
D'autre Dieu que l'homme ignorant,
Ni que cet enfant de la femme, quand il a rendu
sa forme mal assurée,
Renaisse du sein d'Isis!

UN CAPITAINE

Que dis-tu?

LE ROI

Je le jure ici devant vous et j'atteste la noire
Nuit...
Rien. Peu importe. Je me soucie peu de cet
Après
Qui constitue toute la chanson... un seul mot!
Et, en vérité, je devrais aussi peu me soucier
de ce qui est *Avant!* Et pourtant,
Je pourrais dire que je sors non repu du théâtre.
Je meurs et je suis vivant!
— Mais cette vie, chez le plus puissant taureau,
comme un pissenlit, soufflée!
— Pourquoi voudrions-nous maintenir nos yeux
Contre la continuelle fatigue du sommeil?
— Cependant... Écoutez-moi! tant que vous
vivrez...

UN CAPITAINE

Nous t'écoutons.

LE ROI

Écoutez ces dernières paroles que je puis dire!
Et d'abord,

Je désire pour vous une pensée hautaine, un
courage aux souliers de feu,

Comme le jeune homme, impatient de la
maison, frémit,

Quand il se sent dans ses chaussures, et, s'élan-
çant au dehors, semble voler sur la boue!

Je vous avertis de craindre de changer et de
vous émouvoir,

Mais portez votre cœur immuable comme une
meule, comme la borne sacrée du patrimoine!

Prends une résolution et tiens-là! Et foule
tout sous tes pieds, ta femme et ta maison, et
toi-même comme ton propre vêtement. Crains
l'échange! Car qu'y a-t-il hors de toi, le sais-tu?
Et toi tu es quelque chose. — Jette ça par
terre!

Vous n'êtes maîtres assurés que de vous-mêmes;
craignez de vous laisser déposséder.

Et moi,

Je me suis cru un pouvoir plus qu'humain,
une force! J'ai paru au milieu de votre ennuyeuse
semaine.

Je ne puis plus parler. Seigneur! je meurs de
nouveau! Reparaîtrai-je encore?

Adieu!

Je suis sur la dernière verge de la vie, et de
nouveau

Neptune infernal me couvre!

Il s'évanouit.

LE PORTE-ÉTENDARD

Essuyez pieusement ses lèvres!

Nous devons le laisser seul! qu'il repose en son lieu; Tête d'Or,

Qui, ne connaissant plus l'incertitude humaine, ne portait plus qu'un désir inextinguible, n'est plus.

PREMIER CAPITAINE

L'avenir n'est qu'un paysage vu dans l'eau, et le passé vaut moins qu'une faine et le présent n'est rien du tout.

LE MAÎTRE-DE-LA-CAVALERIE

Voyez! Il est temps de nous en revenir, car, là-bas,

Laissant une route comblée de tristesse, le soleil entre dans la fumée!

C'est le moment où, en été, quand les cerises sont rouges et qu'un chant universel emplit l'air,

Et que les enfants se baignent au-dessus des moulins et mangent tout nus leur goûter, la moitié de la lune paraît blanche dans le ciel;

Les arbres, les eaux, les revers des fossés, les champs mûrissants, flamboient sous le resplendissement mystérieux de l'heure de Saturne!

— Maintenant que c'est l'automne, peut-être que chez nous quelque vieille femme, mère ou servante,

Songe à nous en retirant les linges des cordes ou quand elle coud dans le clos.

L'air encore doux fraîchit; les grands noyers

Couvrent d'ombre l'église et les corneilles s'en-
dorment sur la croix.

LE CENTURION

Une lamentation gorgonienne emplit les montagnes et les vallées!

L'Ours du soir a saisi le soleil entre ses pattes

Et les spacieuses forêts de chênes et de sapins
en ont frémi!

Oiseaux qui passez dans le jour désert, filez
plus vite loin d'ici, oies, hérons!

Et, portant cette nouvelle,

Saisissez avec un cri long et aigu le passant qui
chemine, pour qu'il dise : « Qu'a-t-il vu?

« D'où vient-il? qu'est-ce que ce cri triste au
loin? »

— Quelle fournaise embrase ces cantons d'or?
Quelle chasse mène le vent dans le désert et la
contrée des arbres infinis? Quelle plainte s'élève?

Certes quelqu'un de grand va mourir, et c'est
pourquoi le vent se lève,

Afin qu'il détache la flamme de l'âme et le chêne
s'ébranle dans sa base.

C'est la nature qui demande à reprendre son
illustre enfant!

Assez longtemps elle nous l'a prêté pour qu'il
fasse sa tâche ici.

Et maintenant voici qu'elle le reprend, le
temps étant fini.

Et nous, insensibles et stupides,

Nous l'avons lâché de nos mains, et comme on
voit de l'or qui s'enfonce sous l'eau...

— O jours sublimes!

*Ils se retirent tous par le fond, mais l'un
des capitaines par un autre côté.*

*Silence; puis roulement de tambours voilés
de crêpes, en bas.*

LA PRINCESSE

Non! non!
Je ne veux pas rouvrir les yeux!
Ah! ah! je souffre! ho! ho!
Je vis! la douleur
Déchirante me
Traverse! je vis encore!

*Elle ouvre les yeux et essaie de marcher et
de retirer ses bras.*

Ha!
— O
Dieu! —
O mains! ô, ô bras! je suis fixée ici par les mains!
Et, brisée, je tombais en rêve, malheureuse!
Je vois encore! Le jour trouble amène la fin
pénible de la vie.
Combien de temps dois-je rester ici? Voilà le
jour qui finit.
— Qui est là? qui est cet homme-ci?
Ah! c'est lui, oui,
Dont ils parlaient, quand la violence
De la douleur m'a fait mourir. — Mort.
O Tête d'Or!
Tu es mort le premier et je m'en vais te suivre.

Le Roi s'agite et soupire.

Il n'est point mort.

LE ROI

Ah!

LA PRINCESSE

Il reprend âme. Il a été blessé dans quelque
combat. Comme il est couvert de sang! Mais pourquoi l'ont-ils laissé ainsi échevelé et sale?

LE ROI

Ah!

LA PRINCESSE

Je ne parlerai point. Nous mourrons ainsi,
ensemble.
(Elle sanglote.) Mais cette douleur vraiment
ne se peut supporter! Mon Dieu!
Mes os! mes bras! Ah! ah!

Elle pousse un cri aigu.

LE ROI

Qui est-ce qui a crié?

LA PRINCESSE

Il m'a entendue. Qu'ai-je fait?

LE ROI

On a crié. — Y a-t-il quelqu'un ici?

Silence.

LA PRINCESSE, *à voix très basse.*

C'est moi.

LE ROI

Y a-t-il quelqu'un ici? Il me semble que j'entends une voix qui dit : C'est moi.

LA PRINCESSE, *plus haut*.

C'est moi.

LE ROI

Qui êtes-vous?

LA PRINCESSE

Je suis celle à qui vous avez donné votre pain,
Le matin de ce jour-ci, et votre manteau.

LE ROI

Le matin de ce jour-ci. Vous parlez maintenant?
Vous parlez ma langue?
Cependant, ce cri que j'ai entendu... Je connais
cette voix.

LA PRINCESSE

La Reine.

Silence.

LE ROI

Vous ne l'êtes pas jusqu'à ce que je sois mort.
Réjouissez-vous de me voir.

LA PRINCESSE

Oui. Je suis contente.

LE ROI

Que dites-vous? Approchez-vous. Je vous ai

tout pris. Venez vous venger de moi avec mali-
gnité comme le savent les femmes haineuses.
(Il rit.)

LA PRINCESSE

Êtes-vous blessé
Mortellement?

LE ROI

Oui.

LA PRINCESSE

Je ne puis pas venir vers vous.

LE ROI

Pourquoi?

LA PRINCESSE

Je suis attachée par les mains.

LE ROI

Comment?

LA PRINCESSE

Quand vous m'avez eu chassée,
Prenant la place de mon père,
J'ai erré,
Et personne ne voulait de moi chez lui, car ils
avaient peur de vous.
Et enfin je me suis réfugiée dans ces montagnes,
parmi les arbres et les plantes,
Et les animaux farouches, éloignée de tous les
hommes.

Et ce matin, après que vous m'aviez donné
votre pain...

— Et ainsi vous ne m'aviez pas reconnue?

LE ROI

Non.

LA PRINCESSE

Suis-je si changée? Je sais que ma beauté
n'est plus,

— ... Un homme s'est jeté sur moi et il me l'a
pris.

Et cela n'a pas suffi au méchant. Mais il m'a,
ah! ah!...

LE ROI

Eh bien?

LA PRINCESSE

... Par les mains, ah!

LE ROI

Eh bien?

LA PRINCESSE

Il m'a clouée à un arbre. Je suis là depuis
longtemps.

Pourquoi je meurs, je ne sais.

Mais vous, je vous ai appelé

Pour vous dire que vous mourez justement.

Parce que c'est moi qui devais être Reine et
non pas vous le Roi.

Et aujourd'hui nous mourons tous les deux en
un même lieu.

LE ROI

Vous êtes clouée par les mains?

LA PRINCESSE

Oui. Qu'est-ce que cela vous fait?
Je suis faible. Je serai morte avant vous.

LE ROI

Comment ne vous ont-ils pas vue?

LA PRINCESSE

Je suis fixée à un sapin
Dont les branches font un toit qui descend
devant moi jusqu'à terre.

LE ROI

Où est cet arbre?

LA PRINCESSE

Je suis juste derrière vous.

LE ROI

C'est maintenant
Qu'il est plus difficile de bouger un pied que la
masse entière d'un empire.
Il se faut lever, même du lit
Paresseux de la mort.

> *Il se met debout et marche vers elle en chan-
> celant.*

LA PRINCESSE

Que faites-vous?

LE ROI

Par ici?

LA PRINCESSE

Laissez-moi! Que faites-vous? Pourquoi venez-vous?

LE ROI

Est-ce vous que je tiens? Je ne vois plus clair. Laissez-moi

Un instant me retenir à vous pour prendre haleine. Je n'en puis plus!

J'ai besoin de vous pour rester debout.

Pause.

Où sont vos mains?

LA PRINCESSE

Que pouvez-vous faire?

LE ROI

Où sont vos mains? Je vous dis que je ne vois plus clair.

Vite, avant que je ne tombe!

Je sens vos cheveux. Voici vos bras.

Mes bras ne peuvent plus se lever! Mes mains sont mortes

Comme d'un homme qui est resté dans l'eau froide trop longtemps.

Mais il y a encore de la force dans ma tête. Mes dents me serviront de tenailles.

Il arrache le clou de la main gauche.

Une main. L'autre.

Il arrache l'autre clou.

Ah!

Il chancelle violemment.

LA PRINCESSE

Tu tombes! Prends garde!

LE ROI

J'enfonce mes cuisses dans le vide. La mort
me secoue violemment!

Je tombe! Je tombe!

N'oublie pas que je t'ai retiré les clous des
mains.

Il tombe devant elle.

LA PRINCESSE *oscille et tombe à genoux*
et se tient toute courbée à côté de lui.

Il n'est pas juste qu'il meure ici contre terre.
Il faut que je le porte d'ici.

Elle essaie de le soulever.

Qu'il est lourd! Je ne pourrai pas! Et cependant il le faut!

Avec ces mains brisées, ces bras plus faibles
que des lierres, ce corps qui ne peut se porter lui-
même.

Elle le porte péniblement jusqu'au lit
funèbre où elle le replace.

Vrai! j'ai fait comme la noire fourmi
Qui traîne un faix plus gros qu'elle-même.

Elle appuie l'oreille à la poitrine du Roi.

Mais qui croirait

Qu'il peut vivre encore! j'entends battre son
cœur. J'attendrai ainsi qu'il se taise,
Ou que le mien s'arrête le premier.
— Non. Il s'éveille.

LE ROI, *il la regarde amicalement.*

— Voilà le courage du blessé, le soutien de
l'infirme,
La compagnie du mourant. Elle a pu me porter
ici avec ces mains sanglantes et disloquées.
Par ce même doux courage avec lequel tu m'as
traîné jusqu'ici, par cette naïve patience,
La femme dans son ménage est l'image de l'ar-
dente résignation, elle enseigne la bonne volonté;
Comme jadis, servante de la maison, elle devint
servante de Dieu!
Et c'est toi
Qui me rejoins dans ce lieu où il faut que je
meure!
N'aie point honte de me voir nu;
Il faut parfois à la femme, épouse ou garde-
malade,
Qu'elle contemple l'homme dans sa virilité.
Considère-le! Je fus homme! et par moi l'effort
de l'homme a satisfait à sa volonté.
Et tout à coup j'ai été brisé; j'ai été jeté à
l'ombre d'un arbre comme une charogne!
Eux, je n'ai point voulu qu'ils me vissent mou-
rir. Mais nous pouvons ne nous pas cacher.
Des yeux de la femme qui enfante. Reste, si
cela te plaît.
Mon ennemie! que dis-tu? penses-tu qu'elles,
nos âmes,

Obstinées, ne voudront pas garder leur grief?
La mienne contre toi-même garde encore un
goût de rancune.
Car tu es d'une race ennemie. — Non,
Mais je te remercie.

LA PRINCESSE

Je ne veux pas
Que vous me remerciiez.

LE ROI, *la considérant.*

Ton visage est beau et à lui seul indique la
souveraineté.
— Tu me hais avec raison. Car il paraît
Que nous devons haïr ceux qui nous ont fait
tort. Et toi,
Tu as grandement à te plaindre. Venge-toi
Sur ces pitoyables restes.
Mais je t'en prie, fais une de ces deux choses :
Ou de me tuer, si tu le veux, mais sur-le-champ,
Ou de me laisser mourir et de ne pas me troubler
par des cris importuns, car
C'est le moment que je me recueille pour moi.

LA PRINCESSE

Je ne vous hais pas.

LE ROI

C'est bien. Adieu, ma fille! *(Il lui sourit.)*

Pause.

LA PRINCESSE

O Tête d'Or!

Je suis contente que tu aies tué mon père!
O heureuse que je suis! C'est toi
Qui m'as pris mon siège royal, et c'est par toi
Que j'ai usé mes pieds sur tous les chemins,
dans la confusion et dans la pauvreté, méprisée,
contredite, outragée, et que je suis arrivée jus-
qu'ici et que je meurs!
Et j'aurais voulu que ce fût toi aussi
Qui m'eusses clouée à cet arbre,
Et j'aurais fermé les yeux pour mieux sentir.
Et en t'aimant je serais morte en silence.
Mon très cher! mon bien très précieux!
Vois-tu, cette peine que tu me fis ne fut pas
inutile. Je meurs vraiment comme toi! Cette
dernière, cette longue souffrance m'a gelée à
mort.
Oh! que je sois comme la fleur coupée qui sent
plus fort et comme l'herbe fauchée!
Oh! je suis heureuse de penser qu'il n'est pas
une de tant de souffrances qui ne soit à toi,
Et que maintenant je ne puisse te rendre comme
un parfum, ô mon maître!

LE ROI

O Grâce aux mains transpercées!
Douce comme le dernier soleil!
Heureux qui pourra prendre le ravissement sous
les bras et le baiser sur sa très douce joue!
Je suis charmé de te voir, Bénédiction!
Comme le suprême soleil
Jaunit la salive sur les lèvres et l'eau des yeux
et les berceaux de roses,
Et rend une foule heureuse dans la brume...

Je ne vois plus clair! Écoute ce que j'ai à te dire. La mort me presse!

LA PRINCESSE

Je t'en prie, ne meurs pas encore!

LE ROI

La mort n'est rien; mais voici, voici la dernière angoisse!

Sur quelle poitrine poses-tu ta tête, Grâce!

La vendange est pressée tout entière, et mes blessures ne rendent plus que de l'eau.

J'ai voulu ne pas pleurer, et me lever pour marcher.

Mais l'homme ne va que devant lui et il faut qu'il s'arrête.

Et de ses yeux jaillissent ces eaux

De cette mer qui dans toutes les poitrines s'élève au même niveau.

Il t'a été donné de ravir les cœurs, auguste rejeton du cèdre!

LA PRINCESSE

Je te donne tout ce que j'ai.

LE ROI

Et moi aussi, je ne fus pas privé de gloire.
Ha ha!

LA PRINCESSE

Ne ris pas ainsi avec cette bouche creuse!

LE ROI

Ténèbres! ténèbres!

Rappelle l'armée afin que je lui parle solennellement!

Rappelle l'armée afin que j'explique tout,
m'étant lugubrement levé.

Ténèbres sur tous les hommes!

Misérables, entre vous le plus misérable se
couche le personnage du Roi.

O Terre, reçois mon corps! ô Mort, accepte mon
âme mystérieuse!

LA PRINCESSE

O Tête d'Or, ne meurs pas ainsi désolé!

LE ROI

Ah! Ah!

LA PRINCESSE

Écoute, mon frère!

LE ROI

Ah!

LA PRINCESSE, *lui posant la main sur la tête.*

Silence! silence!

— Tu as pu

Redresser ce débris de ton corps,

Et contredisant à la destruction

Marcher vers moi, affliction vivante, sortant
du sépulcre comme un homme écorché.

Aspect très plein de douleur

Que nous nous soyons rencontrés alors, tous
deux rois!

Toi, vêtu de sang, moi,

Disloquée, allongée sur le poteau!

Ivre, aveugle comme la pauvre chenille,

Tu m'as délivrée!

Et moi,

Je ne permettrai pas que tu meures désespéré.

Non, ne crois pas que tu le puisses!

Elle ne t'abandonnera pas, celle que tu as délivrée

De ta bouche dans le milieu de ses mains sanglantes!

Voilà que tu as délivré celle qui est plus forte que toi!

LE ROI

imaginé de
Mallarmé

Non, femme! tu ne peux

Prendre cette vie-ci dans tes cheveux.

Vis! sois reine! je te lègue tout.

L'homme humain,

Comme un voyageur isolé, par un très grand froid, se retire dans les entrailles de son cheval,

Ressaisit sa femelle aux seins.

Mais pour moi, je ne veux pas de toi.

Que je meure solitaire!

De nouveau

Comme une flamme roule

Dans ma poitrine le grand désir!

Ah!

L'enfant de ma mère ici

A entraîné une confuse fureur, comme son visage la flamme molle et terrestre de ses cheveux;

Mais maintenant moi, mère meilleure, moi-même comme un fils rigide, je vais naître une âme chevelue! ← *like Mall. / read his idées*

L'homme est fureur

J'espère! j'espère! j'aspire!

Tu ne peux défaire cette âme dure avec tes ongles de femme;

Elle emplit de nouveau son harnais de fer.

— Ah! je vois de nouveau! Haha!

Le soleil près de se coucher emplit d'une immense rougeur toute la scène.

O Soleil! Toi, mon

Seul amour! ô gouffre et feu! ô abîme! ô sang, sang!

O

Porte! Or! or! Absorbe-moi, Colère!

LA PRINCESSE

Comme sa soif le soulève!

LE ROI

Je vois!

— Une odeur de violettes excite mon âme à se défaire.

LA PRINCESSE

Tête d'Or, pensez à moi!

LE ROI

O Père,

Viens! ô Sourire, étends-toi sur moi!

Comme les gens de la vendange au-devant des cuves

Sortent de la maison du pressoir par toutes les portes comme un torrent,

Mon sang par toutes ses plaies va à ta rencontre en triomphe!

Je meurs. Qui racontera

allusration Que, mourant, les bras écartés, j'ai tenu le
soleil sur ma poitrine comme une <u>roue</u>?

le sole. O prince vêtu de gloire,

Poitrine contre poitrine, tu te mêles à mon
sang terrestre! bois l'esclave!

O lion, tu me couvres! ô aigle, tu m'enserres!

idea sexual *prend possession*

LA PRINCESSE

Il est mort.

O dépouille, tu reposes dans l'or incorruptible.

Silence.

Je me souviens de tout, l'hiver, les fêtes,

Les familles, les époques de réjouissance et de
deuil, les temps, les pays,

Et mes robes qui étaient dans le coffre de cyprès.

— O Prince! ô Maître! Roi des hommes!

> *Pause.*
> *Pas. Paroles derrière la scène.*
> *Entre le Commandant de la Seconde Armée
> avec d'autres officiers.*

LE COMMANDANT

Ici?

LE CAPITAINE, *envoyé.*

Ici, sur ce roc, au milieu.

LE COMMANDANT

Je n'ose m'avancer. La Monarchie repose dans
ces ténèbres.

LE CAPITAINE

Il est là.

LE COMMANDANT, *apercevant la Princesse.*

Qui est là? Qui avez-vous laissé auprès de lui?

LE CAPITAINE

Personne.

LE COMMANDANT

Personne? Cependant, là, je vois des mains, et comme un visage. Regardez.

UN OFFICIER

Oui. Il y a quelqu'un auprès du lit.

LE CAPITAINE

C'est fort étonnant. Je les ai vus tous partir avant

D'aller moi-même à votre rencontre.

LE COMMANDANT

Holà! Y a-t-il quelqu'un de vivant dans l'ombre des arbres et de la nuit?

L'OFFICIER

Point de réponse.

LE COMMANDANT

Avançons.

Ils s'approchent tous.

PREMIER OFFICIER

C'est une jeune femme.

DEUXIÈME OFFICIER

Évanouie, ou morte.

LE COMMANDANT

Prenez soin d'elle. Voyez si elle vit...
Et moi, pour celui qui
Est ici avec un visage si pâle...

Il appuie la main sur la poitrine du Roi.

LA PRINCESSE

Ah!

PREMIER OFFICIER

Est-ce qu'elle vit?

DEUXIÈME OFFICIER

Oui. Elle se ranime.

LE COMMANDANT

Ils vivent tous deux.

PREMIER OFFICIER

Que dis-tu?

LE COMMANDANT

Un reste de vie comme dans une braise. Les
quatre membres sont morts; mais le cœur roule
petitement sous les doigts.
Et voyez!

DEUXIÈME OFFICIER

Oui; il remue les lèvres.

PREMIER OFFICIER

Parle-lui, peut-être qu'il t'entendra et qu'il
Réapprendra de parler, s'il t'entend.

LE COMMANDANT

Roi! Je suis le chef de ta seconde armée. Veux-tu
me dire quelque chose?

LE ROI

Qu'elle... soit...

LE COMMANDANT

Avez-vous entendu?

LE ROI

Qu'elle soit...

LE COMMANDANT

Qu'elle soit?

PREMIER OFFICIER

Quoi? parle.

LE ROI

R...

Il meurt.

LE COMMANDANT

Repose.

PREMIER OFFICIER

Qu'a-t-il dit?

DEUXIÈME OFFICIER

Il a dit *Reine*, je l'ai entendu.

LE COMMANDANT

« *Qu'elle soit Reine ?* »

UN AUTRE OFFICIER, *qui soutient la Princesse.*

Ah! une chose horrible et très étrange!
Voyez!

UN AUTRE

Ses mains saignent.

UN AUTRE

Percées de part en part!

LE COMMANDANT

Qui est-elle? « Qu'elle soit Reine? » Qui? Quelqu'un de vous a-t-il vu cet être sauvage?

PREMIER OFFICIER

Non.

QUELQU'UN

Je connais
Ce visage,
Ce visage, autant que je puis voir
Dans la rambleur de la demi-nuit.

LE COMMANDANT

Qui est-ce?

La Princesse reprend connaissance.

L'HOMME, *la regardant.*

Je ne sais...
Plus.

LA PRINCESSE

Qui êtes-vous? Laissez-moi!

Elle se dégage et tombe.

QUELQU'UN

Elle parle notre langue.

LE COMMANDANT

Relevez-la respectueusement.

Il la soutient dans ses bras.

Jeune fille, peux-tu m'entendre?

LA PRINCESSE

Oui.

LE COMMANDANT

Qui es-tu?

LA PRINCESSE

Pourquoi le cacher? Votre ancien Roi, que celui-
ci tua...

LE COMMANDANT

Êtes-vous sa fille?

LA PRINCESSE

C'est moi.

LE COMMANDANT

Tête d'Or
Ordonne que vous soyez reine.

LA PRINCESSE

Vous l'a-t-il dit?

LE COMMANDANT

Il vient de le dire et de mourir.

LA PRINCESSE

Qu'il en soit comme il veut.

LE COMMANDANT

Et ce qu'il a voulu, nous le voulons.

LA PRINCESSE

Hâtez-vous! revêtez-moi de mes habits de reine.

LE COMMANDANT

Comment?

LA PRINCESSE

Le costume du sacre! Revêtez-m'en! La couronne
et le sceptre.

LE COMMANDANT

Qu'un de vous aille les chercher. Le trésor est
dans les fourgons.

Sort un Officier.

LE COMMANDANT, *à la Princesse.*

Je suis étonné de te voir.

LA PRINCESSE

Après que je suis sortie de votre pays,
J'ai été chassée
Jusqu'ici. J'ai vécu ici.
Mais ne m'avais-tu pas vue
Encore?

LE COMMANDANT

Jamais.

LA PRINCESSE

Toi, me seras-tu fidèle?

LE COMMANDANT

Oui, Reine!

LA PRINCESSE

Toutes choses sont bien

> *Entrent plusieurs hommes portant les pièces
> du costume de couronnement.*

Ce sont les choses que j'ai demandées?

LE COMMANDANT

Oui.

LA PRINCESSE

Il faut que vous me serviez de femmes, soldats!
Je n'ai plus de forces.

LE COMMANDANT, *à un autre.*

Toi, soutiens-la sous l'autre bras.

> *On lui présente une à une les pièces du sacre.*

PREMIER OFFICIER

La longue chemise, l'Aube.

> *Ils la lui passent.*

LA PRINCESSE

Je l'ai vu...

LE COMMANDANT

C'est vrai; au dernier moment de sa vie.

LA PRINCESSE

Un désir vivait en lui
Encore. Certes il y avait un désir en lui.
— La robe.

DEUXIÈME OFFICIER

La voici.

LA PRINCESSE

Cache-moi sous le costume de la Reine.

> *On lui passe la robe.*

Les manches. Doucement, doucement, mes amis! Ah!
Ayez patience. Mes bras sont rouillés quelque peu.

LE COMMANDANT

O Reine, donne ton pied.

Ils lui ôtent le brodequin de peau et lui mettent une sandale.

TROISIÈME OFFICIER

Voici la chaussure de l'exil que tu ôtes.

LE COMMANDANT

Et ils fixent à ton pied la sandale impériale aux courroies d'or.

Ils font de même pour l'autre pied.

LA PRINCESSE

Que reste-t-il? Jetez le manteau sur mes épaules. Vite! J'ai hâte! Agrafez-le, ici!
Et toi, pose la couronne sur ma tête, ô paranymphe!

LE COMMANDANT

Sois reine!

Il lui pose la couronne sur la tête.

LA PRINCESSE

Le sceptre. *(On le lui présente.)* Comment le tiendrai-je? *(Au Commandant.)* Vois cette main!

Elle la tourne péniblement d'un côté et de l'autre.

LE COMMANDANT

Elle saigne!

LA PRINCESSE

Pauvre main!

Elle la regarde avec une espèce de sourire.

J'ai été clouée...

LE COMMANDANT

Clouée!

LA PRINCESSE

Sache que j'ai été clouée par les mains.

A quoi servent-elles? Clouée comme un oiseau de nuit;

Comme l'arbre qu'on crucifie, afin qu'il fructifie.

LE COMMANDANT

Tu as souffert un grand outrage.

LA PRINCESSE

Je ne puis tenir le sceptre d'or, et cependant il le faut. Aide-moi. Tiens mon poing avec ta main afin que je le tienne tout droit.

Elle saisit le sceptre.

LE COMMANDANT

Salut à toi, Reine!

TOUS

Salut!

LA PRINCESSE

En effet, les voiles qui s'amassent de l'air noir
Permettent de voir à demi encore
Le procureur de la Royauté,
Le seigneur d'hommes, le porte-clochette de la tribu!

C'est moi, femme, couverte de cette housse
somptueuse!

Rien ne manque, ni la couronne, ni par terre
la traîne pompeuse du manteau!

LE COMMANDANT

Reine...

LA PRINCESSE

O cendre!

Pourquoi suis-je née telle que je suis? C'est moi.

Je suis la souveraine de cette saison qui finit!

Qui m'appelle reine, sinon la reine des choses
passées

Ou des feuilles dans l'instant qu'elles nagent
dans l'air poussiéreux?

Déjà le brouillard submerge les vallées et dans
la brume brille

La lune comme un doigt recourbé avec son ongle
pointu.

Menez-moi...

LE COMMANDANT

Où?

LA PRINCESSE

A votre testateur, là.

Elle s'approche du corps du Roi.

O corps mort, ne refuse pas ce présent que je
t'apporte.

C'est à toi que je parle, corps!

Le sévère vivant

Qui t'habitait s'est éloigné de toi comme de
moi.

— Oh! que j'aie été douée de cette âme! Ici,
dans l'ingratitude, plus vainement que l'urne du
Verseau ne se vide...

— Mais toi, aimé!

Cela est ineffable.

C'est à toi que je fais cette dernière offrande,
mort!

— Aidez-moi à me baisser.

*Elle se courbe péniblement sur les genoux
et le baise sur les lèvres, puis se relève.*

Tu trembles, mon cœur?

Je suis née pour vivre. Et je meurs pour...

Elle meurt.

PREMIER OFFICIER

La Reine est morte.

SECOND

Comme sa tête est tombée sous la couronne
tout à coup.

LE COMMANDANT

O Reine! O Impératrice encore chaude!

TROISIÈME

Ses chaussures d'or n'ont fait qu'un bruit dans
le lit des feuilles.

*Pause. — Le Commandant dépose douce-
ment et respectueusement le corps de la Reine
sur la terre.*

Comme dans les livres de shakespear, avoir un commandant pour expliquer

LE COMMANDANT

Trois rois morts? des événements étranges!
Les lois de l'usage brisées, la faiblesse humaine
surmontée, l'obstacle des choses
Dissipé! Et notre effort, arrivé à une limite
vaine,
Se défait lui-même comme un pli.
Étendez la Reine dans ses habits royaux sur
un pavois! Nous l'emporterons avec nous.
Il faut descendre. L'Occident, *nest* derrière les
sapins noirs et les branchages hérissés,
Blêmit, et Memnon crie dans le brouillard!
Cent fois ainsi devant nous
Hypérion disparaîtra par les nuées
Avant que notre dernière légion dans la mer
noire voie s'enfoncer la bosse flamboyante! *du soleil*

l'histoire continue

> *Ils enlèvent le corps.*

Exaltez ces pieds étincelants, qui ainsi parés
pour ne plus marcher retraversent
Les peuples.
Pour nous, nous savons encore ne pas craindre!
Et, attaqués, nous remontrerons
Une assez formidable gencive!

> *Retraite à peine perceptible au loin.*

Allons! ceux qui nous précèdent sont loin déjà.
En avant! chez nous! vers l'Ouest! → *frontière*

> *Ils sortent tous.*

pas de fin, dénouement

FIN

- his. de humaine voyage qui ne termine pas
- au lieu d'arrête, on vent, vers ouest

ŒUVRES DE PAUL CLAUDEL

Aux Éditions Gallimard

LE SOULIER DE SATIN OU LE PIRE N'EST PAS TOU-
   JOURS SÛR.

LE LIVRE DE CHRISTOPHE COLOMB, *suivi de*
   L'HOMME ET SON DÉSIR.

LA SAGESSE *ou* LA PARABOLE DU FESTIN.

JEANNE D'ARC AU BÛCHER.

L'HISTOIRE DE TOBIE ET DE SARA.

LE SOULIER DE SATIN, *édition abrégée pour la scène*.

L'ANNONCE FAITE A MARIE, *édition définitive pour la scène*.

PARTAGE DE MIDI.

PARTAGE DE MIDI, *nouvelle version pour la scène*.

THÉÂTRE, 2 vol. *(Bibliothèque de la Pléiade)*.

L'ORESTIE.

Prose :

POSITIONS ET PROPOSITIONS, I et II.

FIGURES ET PARABOLES.

LES AVENTURES DE SOPHIE.

UN POÈTE REGARDE LA CROIX.

L'ÉPÉE ET LE MIROIR.

ÉCOUTE, MA FILLE.

TOI, QUI ES-TU?

SEIGNEUR, APPRENEZ-NOUS À PRIER.

AINSI DONC ENCORE UNE FOIS.

CONTACTS ET CIRCONSTANCES.

DISCOURS ET REMERCIEMENTS.

L'ŒIL ÉCOUTE.

L'OISEAU NOIR DANS LE SOLEIL LEVANT.

CONVERSATIONS DANS LE LOIR-ET-CHER.

AU MILIEU DES VITRAUX DE L'APOCALYPSE.

MES IDÉES SUR LE THÉÂTRE.

PRÉSENCE ET PROPHÉTIE.

ACCOMPAGNEMENTS.

EMMAÜS.

UNE VOIX SUR ISRAËL.

L'ÉVANGILE D'ISAÏE.

LE LIVRE DE RUTH.

INTRODUCTION À LA PEINTURE HOLLANDAISE.

LE SYMBOLISME DE LA SALETTE.

LA ROSE ET LE ROSAIRE.

TROIS FIGURES SAINTES.

INTRODUCTION À L'APOCALYPSE.

PAUL CLAUDEL INTERROGE L'APOCALYPSE.

PAUL CLAUDEL INTERROGE LE CANTIQUE DES CANTIQUES.

VISAGES RADIEUX.

QUI NE SOUFFRE PAS (*Réflexions sur le problème social*). *Préface et notes de Hyacinthe Dubreuil.*

MÉMOIRES IMPROVISÉS, *recueillis par Jean Amrouche.*

CONVERSATION SUR JEAN RACINE.

JEAN CHARLOT.

SOUS LE SIGNE DU DRAGON.

Morceaux choisis :

PAGES DE PROSE, *recueillies et présentées par André Blanchet.*

LA PERLE NOIRE, *textes recueillis et présentés par André Blanchet.*

JE CROIS EN DIEU, *textes recueillis et présentés par Agnès du Sarment. Préface du R. P. Henri de Lubac S. J.*

MORCEAUX CHOISIS.

RÉFLEXIONS SUR LA POÉSIE.

*

CORRESPONDANCE AVEC ANDRÉ GIDE (1899-1926).

CORRESPONDANCE AVEC ANDRÉ SUARÈS (1904-1938).
Ces deux volumes avec préface et notes de Robert Mallet.

CORRESPONDANCE AVEC FRANCIS JAMMES ET GABRIEL FRIZEAU (1897-1938), AVEC DES LETTRES DE JACQUES RIVIÈRE. *Préface et notes d'André Blanchet.*

*

ŒUVRES COMPLÈTES *(27 volumes parus).*

*

JOURNAL, I (1904-1932). *(Bibliothèque de la Pléiade.)*

JOURNAL, II (1933-1935). *(Bibliothèque de la Pléiade.)*

*

CAHIERS PAUL CLAUDEL *(9 cahiers parus).*

Cet ouvrage a été reproduit
et achevé d'imprimer par l'Imprimerie Floch
à Mayenne le 28 juin 1990.
Dépôt légal : juin 1990.
1er dépôt légal dans la même collection : janvier 1981.
Numéro d'imprimeur : 29525.

ISBN 2-07-036308-2 / Imprimé en France.
Précédemment publié au Mercure de France.
ISBN 2-7152-0220-2.